Franz Christoph Braun

Mariane von Lindheim oder Weiber Größe und Männer Schwäche

Franz Christoph Braun

Mariane von Lindheim oder Weiber Größe und Männer Schwäche

ISBN/EAN: 9783743478305

Hergestellt in Europa, USA, Kanada, Australien, Japan

Cover: Foto ©Andreas Hilbeck / pixelio.de

Weitere Bücher finden Sie auf **www.hansebooks.com**

Mariane von Lindheim

oder

Weiber Größe

und

Männer Schwäche.

***

Ein Schauspiel
in einem Aufzug.

***

Von

Franz Christoph Braun.

***

Qu'elle a trop aimé pour ne le point haïr.
Oeuvres de RACINE. Tom. Sec.

***

Mannheim,
bey Tobias Löffler. 1789.

Der

Hochwohlgebohrnen

Freyfrau

Mariane von Franck

widmet

dies Schauspiel als ein Zeichen

seiner

ausgezeichneten Verehrung

der Verfasser.

Vorbericht.

Der teutsche Genius unsers Zeitalters hat sein natürliches einfaches Gewand biedrer Sitte und fester Denkungsart abgestreift, und dafür das lächerliche, tändelnde, flatterhafte und unstäte Wesen unsrer weichlichen Nachbarn angenommen. Verdorbener Geschmack herrscht mit magischem Scepter über die Deutschen — Thorheit und Laster despotisiren — und haben ihr anstekendes Gift überall ausgespritzt, so — daß unser väterländischer Boden eben so gut — wie der unsrer Nachbarn, Thoren — Charlatanen und Lastersknechte erzeugt. Nirgends ist mehr unverfälschte Natur — edle Einfalt zu finden: Lectüre — Kleidung — Clubb und Assemblee — Ton und Sitte tragen das Gepräge des Unnatürlichen — Lächerlichen —; beweisen daß die Deutschen

A 3

nach-

Vorbericht.

nachäffen — nachbeten — mit erschlafter Gleichgültigkeit mit der Tugend wie mit dem Laster wechseln, wenn's nur die Mode so befiehlt. (*)

Nicht nur aber darinn findet der Deutsche sein Vaterland beklagenswerth —; Er vermißt auch (was freylich eine Folge des Vorhergehenden ist) in dem Mann den Mann — in dem Weib die sanfte gefällige Denkungsart, das einfache, muntre, sich immer gleich bleibende bescheidne Wesen — das Kleid hoher weiblicher Seelen.

Bald haben Sie den lezten Grad menschlicher Thorheiten erstiegen -- überall regirt der Pantoffelscepter, und die Männer verdienens -- weil sie schwache, lächerliche Geschöpfe sind, die der feinen ehrgeizigen Weiberseele Blöse über Blöse zeigen, wodurch sie sich unter den Despotismus ihrer Laune schmiegen müssen.

Die

(*) Man lese hierüber was der durch die Herausgabe des allgemeinen Erziehungsweesens unsterbliche Campe in der IIten Abhandlung des Isten Theils S. 124. noch ausführlicher sagt.

Vorbericht.

Die Bürgersfrau wie die des Ministers kennt die charakteristische schwache Seite der Männer, benutzt diese Schwächen, die meistentheils auf Thorheiten hinauslaufen; und um den lieben Hausfrieden -- und sein eitles Weibgen nicht zu erzürnen, accordirt der gute Mann alles, bis bankerutt -- peremptorischer Frist mit seinem Beutel eine Revision vornehmen, wo er aber seiner Schwachheiten zu spät gewahr wird.

Nicht zu gedenken, wie viel unglückliche Ehen -- verarmte Familien -- leidende Waysen dadurch entstehen, die zur Schande unseres Zeitalters den denkenden Mann auf den gänzlichen Ruin der Moralität zuweilen aufmerksam machen.

Der beste statistisch politisch moralische Grundsaz der den Pflichtenumfang jedes Weiber und Männer Individuums einschlifft -- ist deucht mich, weiblicher Herzensadel und männliche Seelengröße. Dis Resultat ist pädagogisch -- und empi-

A 4.   risch

rifch ausgemacht richtig -- und beſtättigt
daß dieſer Weg zum höchſten Ideal menſch-
licher Glückſeeligkeit führe. -- Eins müſſe
das andre dahin motiviren, daß häusliches
Glück Familienfreuden ihres weiteſten Wür-
kungskreiſes einziger Mittelpunkt ſey -- und
das alles auſſer dieſem für auſerweſentlich
nur als Mittel zum Zweck zu betrachten ſey.

Läßt ſich das Weib durch Mode --
Aſſembleen und *bon ton* hinreiſſen; hat das
ihre Eitelkeit rege gemacht -- und ihr Seel-
gen gekützelt; denn gute Nacht Hausglück;
-- und iſt hier der Mann ſchwach genug der
Geck ſeines Weibs zu ſeyn, -- flattert er
umher, -- und ſeufzt um jeden Buſen --
krümt ſich vor jedem liebäugelnden Fräzchen;
-- ſchwäzt -- plaudert, räiſonnirt und kaba-
lirt -- dann iſt es vollends ums ganze ge-
ſchehen: er iſt der Sklave ſeines Weibs --
ein Thor -- ein blinder leidenſchaftlicher
Menſch -- der von jedem Pariſer Winde --
den Madame Mode herbläßt -- bewegt --
und

und von seinen Schwachheiten regiert
wird.

Dieses Stück sezt Tugend -- und Fehler gegen einander um dadurch beides in hö-
heres Licht zu setzen. Dem schönen Ge-
schlecht gebührt der Vorrang; ich glaubte
im Charakter meiner Mariane Ihm nicht
nur diese Verbindlichkeit schuldig zu seyn,
sondern auch ihrem feinen und zärtern Gefühl dieses anziehende Muster angemeßner
zu bestimmen.

Hr. von Lindheim soll durch Thorheiten -- sein etwas ins Geckische fallende
nachgibige Wesen -- durch sein unbändiges
leidenschaftliches Betragen dem Jüngling
und dem Mann zurückschreckend seyn. Der
Ehrgeiz des Mannes wird durch solche Cha-
raktere -- wenn sie im Gegensaz mit grosen
Weiblichen stehen lebhafter berührt -- ange-
zogen -- und ins Feuer gesezt. Der Rittmeister von Althaus scheint sich nicht ganz
gleich zu bleiben. Allein dem Charakter

eines

Vorbericht.

eines alten Soldaten muß man Ausbrücke und U.bergänge etwas zu gut halten, weil der Geist des Soldaten diese Ungebunden= heit athmet, und die Gedanken der Seele sich nicht so stet herausspinnen, als wie aus der Seele eines Pedanten.

Keine andre Eroberung im Reich der Litteratur und der lesenden Welt schmeichelt sich dieses Stück -- als -- daß es durchs Lesen einiges Vergnügen aber mehr Beleh= rung bewürken möge.

Möchte der menschenfreundlichste Re= censent der Meinige seyn, der sanft meine Fehler tadelte -- und ehrlich mein Gutes ans Licht zöge.

F. C. Braun.

Personen.

Herr von Lindheim.

Mariane von Lindheim, seine Gemahlinn.

Henriette, ihre Tochter. Kind von 5 Jahren.

Treureich, Hofmeister und Lehrer derselben.

Herr von Althausen, ein alter Rittmeister.

Caroline, dessen Tochter.

Christoph, Bedienter des Hrn. von Lindheim.

Babet — Mädchen der Frau von Lindheim.

Die Handlung ist in des Herrn von Lindheim
Wohnung, und dem Lusthause des
Rittmeisters.

Erster Auftritt.

Zimmer im Hause des Hrn. von Lindheims.

Hr. von Lindheim. Christoph hernach Babet.

von Lindheim.

(Steht vollkommen und geschmakvoll angekleidet da — ruft) Christoph! — der Kerl hat Opium
in den Knochen — ich glaub er schläft den ewigen
Schlaf. (besieht sich im Spiegel und legt noch
einiges an seiner Kleidung zurecht) Christoph ins
Teufels Namen — so gib doch Antwort.

Christoph

(von aussen) gleich, gnädiger Herr — den
Augenblick.

von Lindheim.

Ich kann nicht länger ruhen — der Schlaf
flieht mein Auge; es ist alles so öde — so dumpf
in meinem Hause wie in einer Wüste: ich muß
ins Freye, und mich zerstreuen.

Christoph

(kommt halb angekleidet) guten Morgen, gnädiger Herr! bey Ihnen ists wieder früh Tag —
Kaum im Bette — und schon wieder ausgeschla-
fen —; so eben erst hats 4 Uhr geschlagen.

von

von Lindheim.

Hat nichts zu bedeuten; ich muß ausgehen, geschwind nimm die Bürste, und kehr mich noch ein wenig aus, damit ich fortkomme.

Christoph.

(bürstet ihn und reibt sich die Augen) Wo Sie nur so hurtig mit ihrem Schlaf hinkommen, der meinige brennt mich noch in Augen und in allen Gliedern!

von Lindheim.

Du kannst dich wieder zu Ruhe legen; meinen Huth und Degen — so eile dich; — (verdrüßlich) Rühre dich Pursche oder —

Christoph.

Lieber Himmel, werden Sie nur nicht ungeduldig; meine Knochen haben seit 14 Tagen was ausgestanden, unser eins will doch auch ruhen — wenn man bis zur Mitternacht auf den Beinen war.

von Lindheim.

Sey nur ruhig Christoph, da (gibt ihm Geld) hol dir ein gutes Frühstück — und trink dort die Champagner Bouteille auf meine Gesundheit.

Christoph.

(Dessen Gesicht sich plözlich erheitert) das will ich thun, gnädiger Herr, meine matten Glieder bedürfens, daß ich sie ein wenig mit diesem Kraftbal-

balfam stärke. (blikt schmachtend nach der Bouteille hin) Champagner -- der soll mir gut schmecken.

von Lindheim.

- Wenn meine Frau erwacht, Christoph, so
sagst du ihr -- ich ließ ihr einen guten Morgen
wünschen.

Christoph.

(Schmunzelnd) Wollten Sie diesen guten
Morgen nicht einmal wieder selbst ausrichten gnä-
diger Herr -- Ihr Schlafkabinette ist ja nur drey
Schritte von hier! --

von Lindheim.

(Steht in Gedanken) Schweig. (vor sich) dieß
kalte Geschöpf ist mir überdrüßig, genug -- es lüstert
mich nicht mehr nach ihren Reitzen.

Christoph.

Was befehlen Euer Gnaden?

von Lindheim.

Daß du thun sollst was ich dir gesagt habe,
und hiemit adjeu!

Christoph.

(Läuft ihm nach) haben wir die Gnade Sie
bey Tische zu sehen? --

von Lindheim.

Nein! -- Schwerlich -- doch -- ich weiß nicht,
laß mich -- ich hab dringende Augenblicke vor
mir. (ab.)

Chri-

Chriſtoph.

Der Mann iſt mir eine Weile her unbegreif=
lich. Fluchen iſt ſein Morgengebet; friſieren =
parfumiren — kuurren, brummen und ſtumpfen —
ſo währts von Morgen bis in die liebe Nacht —
wenn man ja das Glück hat ihn den Tag über im
Hauſe zu haben. Vor Mitternacht nicht zur Ruhe,
und Morgens ehe der Tag graut ſchon wieder auf
den Beinen. Das kann keine Chriſtenſeele faſ=
ſen --! Sein armes Weib — o Gott! die vertraut
ſich ganz und vergeht vor Kummer; Er ſieht ſie
nicht -- ſpricht nicht mit ihr -- hm! hm! das ſieht
für die Zukunft übel aus. -- Wo er nur jetzt wie=
der hinſtürmt? Kann mirs wol einbilden -- die
Fräule Caroline hat ihm den Wirbel in Kopf ge=
ſagt. (Er geht nach der Bouteille) man muß
halt warten -- wie ſich die Comödie enden wird.
(Trinkt) und ich werde in deiner Geſellſchaft lieber
Hr. Champagner mich vollends ums Ganze nicht
bekümmern (trinkt) es iſt drum eine koſtbare
Sache um ſo ein ſüſſes Schlükgen Wein. (Trinkt)
wenn ich alle Tage ſo ein Paar Bouteillgen hätte
-- ich glaube -- ich hielte Haußfrieden mit einer
bucklichten alten Jungfer. Und wenn ich in mei=
nes Herrn Stelle wäre -- ich wollte -- bey meiner
armen Seele mit klarem Waſſer zufrieden ſeyn --

hey

bey einem so lieben guten Weib wie meine gnädige Frau. (trinkt) Der Schlaf vergeht mir zusehens — es wird mir ganz wohl (küßt die Bouteille) O! du herziger Bruder Champagner — deine Freundschaft ist unbegränzt — mit dir will ich mich halten. —

Babet.

So! so! — er ist mir ein schöner Bedienter; schon so früh die Bouteille am Hals — wie wirds erst heut Abend werden.

Christoph.

(artig) Ah! Sie auch schon aus den Federn, liebes Kind? — (trinkt) es schmeckt mir gar zu gut, liebe Mamsell — Will sie nicht auch einmal — probier sie's nur —

Babet.

Geh er — bleib er mir vom Leibe; — er und sein Herr sind keinen Dreyer werth. Schwärmer, Flattergeister seyd ihr! —

Christoph.

(wirft sich in die Brust) Mamsell — schimpf sie mir meinen Herrn nicht — und mich, seinen Bedienten! — (schmeichelnd) Trink sie nur ein einzigsmal, der böse Humor wird ihr bald vergehen. Es ist bloßes Vorurtheil, daß ihr Kaffeeschneuzchen euch Morgens vor dem Wein fürchtet! (trinkt.)

B   und

und es ist doch eine so herrliche Sache Morgens
um den Wein. --

Babet.

Christoph -- schäm er sich -- sey er ordent-
lich, er ist ja sonst ein braver Mensch. (zutraulich)
Kann er mir nicht sagen, lieber Christoph! wo sein
Herr diesen Morgen so früh hingieng? --

Christoph.

Närrgen! Wo er seit 14 Tägen alle Morgen
hingeht. -- (trinkt)

Babet.

Aber heute -- heute -- so geputzt -- ich sah
ihn durchs Fenster -- er ist in völliger Galla.

Christoph.

Ich weiß es nicht -- und wozu will sie es
dann wissen Mamsell Neugier? --

Babet.

Unverschämter -- er ist berauscht -- ein wenig
bescheidner, wenns beliebt!

Christoph.

Sie muß nicht böse werden, mein liebes
Herzchen, ich hab sie ja von Grund meiner Seele
lieb; sieht sie -- (trinkt) auf ihr Wohergehn, mein
Schätzchen!

Babet.

Mit ihm wüsten garstigen Menschen ist nichts
anzufangen! Wart er nur, das werd' ich meiner
gnä-

gnädigen Frau sagen: -- Ist das nicht eine Haus-
haltung, Morgens schon die Bouteille am Halse zu
haben! --

Chriſtoph.

Es ſchmeckt mir eben gar zu gut -- und wenns
eine Todſünde wäre -- ſo müßt ich trinken. (trinkt)

Babet.

Wart er nur -- er ſoll ſein Kapitelchen bekommen!

Chriſtoph.

Sie wirds doch beym Henker nicht ſchon
wieder angeben bey der gnädigen Frau?

Babet.

Ja -- das werd' ich! und das den Augenblick!

Chriſtoph.

(etwas verlegen) Das wäre mir nun eins-
theils unangenehm, ſo wenig ich mich darum zu
bekümmern hätte, ob ſie mir bös wäre oder nicht;
allein -- wenn mich nur die Frau anſieht -- ſo
kommt mir ein Zittern und eine Furchtſamkeit an
-- ich glaube -- ich würde ihr einen Mord offen-
bahren müſſen, wenn ſie mir begegnete und mich
darum fragte! --

Babet.

Nun! ſo ſag er mir, wo ſein Herr hingieng,
und ich will's verſchweigen.

Chriſtoph.

(ſteckt die Bouteille in Sack) Will mir dann

das

das Bischen noch aufheben bis hernach; mit euch Weibsleute wird man doch nicht fertig, bis man beichtet.

Babet.

Nun so mach er doch! -- ich hab eile, (zutraulich) sag er mir's, lieber Christoph, aber die Wahrheit -- es soll sein Schade nicht seyn.

Christoph.

Sieh sie, liebe Mamsell -- so viel ich weiß -- soll auch sie wissen, aber --

Babet.

Unterm Siegel der Verschwiegenheit -- das versteht sich.

Christoph.

Ja! wann sie's halten kann. -- Mein Herr ist nach dem Landhaus des Herrn Rittmeisters von Althausen.

Babet.

Hm! hm! jezt merk ich schon alles -- Nur weiter, wenn er sonst noch was weiß.

Christoph.

Er murmelte so etwas in den Bart gegen die gnädige Frau; -- so viel ich schließen kann -- er will nichts mehr von ihr hören -- Fräulein Caroline sitzt ihm im Kopf.

Babet.

Schon genug, Christoph!

Chrl.

Chriſtoph.

Ja! das iſt auch mein Seel alles — was
ich weiß!

Babet

(lachend) Des Herrn Rittmeiſters Carolingen
— Keinen üblen Appetit Hr. von Lindheim; aber
— (nimmt Chriſtoph an der Hand)

Chriſtoph.

Ha! ha! ha! —

Babet.

Nun? —

Chriſtoph.

(lachend) 's iſt nicht der Werth; ſo ein ver-
liebtes Versgen auf Caroline fand ich neulich, es
war aber zerriſſen.

Babet.

Weiß er's nicht mehr — beſinn er ſich recht! —

Chriſtoph.

(denkt lange nach) Ja das muß ich auch —
Denn es will nicht ſo recht mehr mit dem Ge-
dächtniß bey mir fort. (Er ſtottert endlich heraus)

Wer kann Caroline ſehen,
Kalt von ihren Reitzen gehen! —
Ja! wenn ihr holdes Auge lacht,
Und ihres Zauberblickes Macht
Der Liebe Sonnenglut entzündet,
Und ſo den Weg zum Herzen findet —

Wer

Wer kann da die Holde sehen,
Kalt von ihren Reitzen gehen?

Babet.

(lacht) Der elende Geck — blieb er zu
Hause bey seinem braven Weibe und lies seine
thörichte verliebte Reimerei in der pomadenen
Seele ruhn; über den Flattergeist! —

Christoph.

Ja wohl! er ist gar der Mann nicht mehr —
der er sonst war.

Babet.

Christoph! liebt er unsere gnädige Frau?

Christoph.

Ich verehre sie als eine der besten Frauen,
die alles Glüks werth wäre — aber leider —

Babet.

unglüklich ist. Wohl! wir brechen das Siegel
— Verschwiegenheit wäre hier Undank gegen sie;
deswegen muß sie alles wissen. — Rech'n er aber
auf meine Klugheit Christoph — Sein Schade
wird es nicht seyn.   (ab.)

Christoph.

Nun da haben wir's! das hätt' ich vorher
wissen können; Ein Frauenzimmer, das verschwiegen
ist — ist so selten wie ein Mann, der keinen Wein
trinkt. (holt seine Bouteille wieder hervor) Kann's
nun auch einmal nicht lassen, und wenn ich am
lich.

lichten Galgen müßte hängen. Will mich aber
doch zu einem Frühstük begeben -- und in Ruhe
mein liebes Magentränkchen zu mir nehmen. --
Könnte nur immer meiner guten gnädigen Frau
geholfen werden -- ich wendete noch meine Paar
Batzen dran — und wollte ein Bouteillgen trinken,
worüber sich die Engel im Himmel ergötzen sollten,
Wer weiß es -- vielleicht gehts gut! -- (ab.)

Zweyter Auftritt.

Zimmer der Mariane von Lindheim.
Mariane. Henriette ihre Tochter mit einem Buch
in der Hand. Hernach Treureich.

Mariane.

So gefällt dir dies neue Buch, meine Henriette?

Henriette.

Recht sehr, liebe Mama -- Es ist ein Ange-
binde von Herrn Treureich; es ist gar zu schön! --
Sehen Sie, ich habe schon bis zu diesem Kupfer
gelesen; --

Mariane.

Was sind denn das für zwey seltsame Geschöpfe -- die da abgebildet sind? --

Henriette.

Es sind Samojeden -- scheinbar unglükliche
Menschen -- und sind doch glüklich. Sehen Sie
B 4   nur

nur, liebe Mama — Felle von Rennthieren sind ihre Kleider und ihre Schlafstätten; in Hölen wohnen sie — so unreinlich wie die Thiere; und doch würden sie nicht tauschen mit dem vornehmsten Europäer — der auf Federn schläft — in Seiden dahergeht — kostbar speißt und in goldnen Carossen fährt.

Mariane.

Glüklich diese Menschen? — dieß scheint unmöglich zu seyn mein Kind! diese Menschen glüklich? — Sie haben so wenig — und wir so viel — und sind wir glüklich (gegen Himmel sehend) die wir es doch im Ueberfluß eher seyn konnten? —

Henriette.

— Und doch sind sie es liebe Mama! Herr Treureich sagte mir, daß sie in sich selbst glüklich wären — ohne Bedürfnissen. Je weniger Bedürfnisse, desto weniger Wünsche — je weniger diese nun wären — desto weniger Mangel, Noth und Leiden, — weil man keine von diesen Bitterkeiten kennte — die nur aus Ueberfluß und Mangel herkämen.

Mariane.

— Du hast recht mein Kind. Vergesse nie was du hier liesest — es sind goldne Regeln — und für's Menschenleben unausweichlich nothwendig.

big. Ließ nur weiter für dich — und überlaß
mich nun mir selbst.

(geht nachdenkend auf und nieder)
Wiederum ein Morgen und sein Flattersinn hat
ihn mir wieder geraubt. — Er liebt mich nicht
o Gott! schon das wäre Schmerz und Leiden gnug
für mein armes Herz; — er scheint mich auch zu
verachten, vergessen zu haben! — das führt zur
Verzweiflung.

Mich — die ihn so zärtlich liebt — die ihr
einziges Glük in seiner Freude sucht — mich zu
verlassen — so ausgesucht zu kränken? — ja das
wird meiner geheimen Leiden schrekliches Ende
seyn — von nagendem Kummer bis zum lezten
Ziel des menschlichen Elends — zur Verzweiflung.

(Pause)
Wer ihn mir wieder zurükbrächte in diese meine
Arme — daß er wieder ausfüllte die traurige Leere
meines Herzens — diese kränkende Einsamkeit —
daß er wieder mein wäre!! — (sein an ihrem
Busen hängendes Portrait ansehend) Sechs Jahre
warest du mir entbehrlich — denn er — er selbst
ruhte hier, war mit heisser Liebe an dis nur für
ihn klopfende Herz gefesselt. — Jezt bist du mein
kalter Trost in der Einsamkeit. Weil der liebe
Flüchtling mich nicht mehr liebt. O! in diesem

Worte

Worte liegt endloſes Leiden für mich.! -- (Pauſe
-- mit Thränen gegen Himmel ſehend) ich klage
-- jammere -- murre aber nicht gegen dich) du
liebevolles Himmelsweſen: wem ſollte ich aber
zuverſichtlicher meine Leiden klagen als dir? --
Ich werde bald vertraut mit ihnen, den ſchreklichen
Gefährten meines jungen Lebens und deine Kraft
hilft mir ſie tragen. So will ich es auswarten --
ſo ſchwer es mir auch ankommt; -- denn ich bin
ein Menſch -- ein zärtliches Weib, deſſen Herz von
Gefühlen der Liebe überflieſſen möchte; -- vielleicht
wird mir der göttliche Raub ſeines Herzens wieder -- er wieder ganz der Meinige.

Treureich.

(küßt ihr ehrfurchtsvoll die Hand.)

Sie klagen immer noch, meine Verehrungs-
würdige! -- wie lang und wie oft iſt es ſchon,
daß ich dieſe Jammerſtunde belauſchen mußte, um
Zeuge Ihrer Leiden und Ihres ſtillen Duldens zu
ſeyn! Sind Sie noch nicht ruhiger geworden meine
beſte gnädige Frau? --

Mariane.

Um Etwas lieber Freund; es gänzlich zu
werden, (mit Thränen) iſt es mir wohl möglich?

Treureich.

Leider! -- dieſe Foderung wäre unvernünf-
tig; denn den zu verlieren, womit man ſo lange
glük-

glüflich lebte -- schon ihn durch den Tod zu verlieren -- ist schmerzhaft -- um wie viel viel schmerz-
licher -- ihn durch Untreue zu verlieren!

Mariane (weint.)

Henriette.

Soll ich Ihnen von den Samojeden erzählen
lieber Hr. Treureich, vielleicht wird Mama etwas
ruhiger? --

Treureich.

O! die Samojeden sind glüflicher als wir --
was hilfts uns dis zu wissen! Würde es uns nur
nützen; lassen Sie es vor heute, meine Liebe.

Mariane.

(einfallend) Seine plözliche Kälte -- so uner-
gründlich -- so unbegreiflich und kränkend die sicht-
liche Entäusserung meines sonstigen vertraulichen
Umgangs! -- Er sucht mich immer mehr zu ver-
meiden.

Treureich.

Haben Sie denn noch gar nichts an ihm ge-
merkt, was wohl die Ursache davon seyn möge? --

Mariane.

Noch nicht eine Silbe.

Treureich.

Ists vielleicht Eifersucht -- Argwohn u. d. gl.

Mariane.

Wie sollte er aber auf diese Lächerlichkeiten
gerathen, da ich ihm keinen Anlaß dazu gebe! --

Treu.

Treureich.

Lächerlichkeiten! — verzeihen Sie gnäd. Frau — diese sind der feurigen Männergattung sehr eigen. Je heftiger die Liebe, desto heftiger der Kummer, den Gegenstand der Liebe ungetheilt zu besitzen; je feuriger die Rosenstunden der glücklichern Liebe, desto ängstlicher die Besorgniß, daß es möglich wäre, für so viel Lieb und Treue dennoch betrogen zu werden.

Mariane.

(aufmerksam) Sie lesen die hellsten Zügen meiner Seele — und malen sie mir in der sprechendsten Farbe vor mein Auge. Auch ich bin und denke so — aber —

Treureich.

Nun — und? —

Mariane.

Noch nie ließ mich meine Vernunft zu Thorheiten herabsinken, daß diese zärtliche Leidenschaften oder Schwachheiten des Herzens die Wächter über das Herz meines Mannes seyn sollten. —

Treureich.

Wie nun aber — wenn dis bey der Denkungsart Ihres Herrn Gemahls statt fände? —

Mariane.

Unmöglich — unmöglich! — dis hier (auf Henrietten zeigend) und (auf ihr Herz deutend) dis

dis hier waren ihm so viele Jahre Bürge gnug
für die Treue seines Weibes; und wir werden ja
auch mit den Jahren nüchterner an Verstand —
kälter an Leidenschaft — folglich erhabener über
Thorheiten von der Art!! —

Treureich.

Zugegeben. Wie aber meine vortresliche
Philosophin — wenn diese Philosophie nur bey
Bildungen und Temperamenten ihrer Gattung
anzutreffen wäre! — hingegen im thätigen Men-
schengewühl für unsre Modemänner unanwendbar:
— Kennen sie ihn ganz Ihren Herrn Gemahl? —

Mariane.

Vollkommen, wie ich glaube.

Treureich.

Auch seine schwache Seiten? Sie verzeihen
dieser Frage; —

Mariane.

Sie ist freilich ein wenig subtil — Sie sind
aber zuvorkommend — unser Freund — und Ihnen
beantworte ichs — ja. —

Treureich.

Ihr Herr Gemahl ist ein Flattergeist ein
Modethor, den irgend einige gepuzte Schurken zu
diesem Betragen verleiteten.

Mariane.

Hr. Treureich, sie sprechen von meinem Manne; —

Treu-

Treureich.

Glauben Sie vielleicht — ich redete zu viel — oder zweiflen Sie an der Richtigkeit meiner Bemerkungen?

Mariane.

(seufzt) Daß ich es dürfte mit Grund! —

Treureich.

Ihr Herr Gemahl begegnet mir kalt — abgemessen sind seine Gespräche — höfisch seine Sprache und trocken sein Betragen gegen mich. Woher diese Veränderung?

Mariane.

Sie setzen mich in Erstaunen! —

Treureich.

Und dis sollte Ihrem Scharfblik entgangen seyn?

Mariane.

Wie konnte ich auch dis bemerken — ich sehe ihn nicht — er flieht mich; — aber wie ist es nur möglich gegen Sie.

Treureich.

Eifersüchtig zu seyn? (sich gegen Sie verbeugend — ihre Hand küssend) schmeichelhafter, für mich allzuglüflicher Gedanke!

Mariane.

(Erröthend) mein Freund —

Treureich.

(der ihre Unruhe bemerkt — gefällig) Meine
Zunge

Zunge wechſelt nicht ſüſſe ſchmeichelnde Worte, die auf das Herz des edelſten Weibes abglitſchen ſollen -- um Sie zu beunruhigen; verzeihen Sie der etwas vertraulichern Sprache -- was ich tauſendmal zu wiederholen wage, ohne Sie zu beleidigen. Ich habe aber das Glük Henriettens Lehrer zu ſeyn, und Sie meine gnädige Frau zu bewundern;

Mariane.

(unruhig) Treureich -- das ſind Worte -- die ich noch nie aus Ihrem Munde hörte; haben Sie Sich auch verſchworen -- mich zu kränken -- und das vielleicht würklich zu verurſachen, wovor ich nur bey der Möglichkeit erzittre! --

Treureich.

Verſtehen Sie mich wohl gnädige Frau -- vielleicht ſind meine tägliche Beſuche in Ihrem Cabinet als Henriettens Lehrer dem Herrn v. Lindham anſtößig? --

Mariane. (nachdenkend)
Treureich.

Ich liebe zwar ſchon — freylich hofnungsloß Caroline von Althaus —

Mariane.

(auffahrend) Karoline — Karoline — dieſen Namen fand ich einſt in einigen Verſen von der Hand meines Mannes! --

Babet.

Babet.

Guten Morgen, meine gnädige Frau; ich habe Ihnen vom Christoph ein Compliment von Ihrem Herrn Gemahl auszurichten.

Mariane.

(traurig) Weiter nichts?

Babet.

Weiter nichts.

Mariane.

So gehts nun fast alle Morgen — daß ich ihn nicht sehe — daß er mich so unverantwortlich zu kränken sucht. (Sie weint)

Babet.

Freylich ein so kalter guten Morgen, und das noch durch den Bedienten, und jetzo schon durch die dritte Gurgel abgeschliffen — ist wenig eheliche Zärtlichkeit.

Treureich.

Ich weiß nichts zu Ihrem Trost zu sagen, meine gnädige Frau! —

Mariane.

Ja ich bin eine unglükliche Frau, als Mutter und als Gattin verlaßen von dem — für deßen Freude ich nur zu leben suchte! —

Babet.

Schade — daß der Herr von Lindheim nicht eben so billig denkt! —

Treu

Treureich.

Unerklärbar — fürchterlich unerklärbar ist das Betragen dieses Mannes! —

Babet.

Unerklärbar sagen Sie? — Ein Mann, wie Herr Treureich, sollte noch nicht so viel erfahren haben, wie man uns arme Weiber äfft?

Treureich.

Wahrlich! diese schändliche Kniffe kenne ich nicht, Menschen zu betrügen, denen man Treue schwur! —

Babet.

Und doch ist es eurem Geschlechte so eigen, Ihr Männer — die ihr mit Schwüren tändelt wie ein Großsultan mit Menschenköpfen!! —. Sollte es Ihnen nicht einleuchten, warum Hr. von Lindheim so oekonomisch mit seiner Zärtlichkeit haushält? —

Mariane.

O! es ist leicht zu errathen, weil er noch mehrere damit zu versorgen hat als mich.

Babet.

Getroffen, meine Gebieterinn! — Kennen Sie einen gewissen Rittmeister von Althauß? —

Mariane.

Ja! — Und

Treureich.

(heftig einfallend) Ich auch — Und? —

C   Babet.

Babet.

Für Sie, merk ich, wird diese Nouvelle am
erbaulichsten ausfallen. Herr von Althauß hat
eine schöne Tochter -- Caroline -- und vor dieser
Göttinn betet Herr von Lindheim an -- und holt
aus seinem Vorrathskästgen alle seine Empfindun-
gen und Liebesseufzer hervor -- um sie seiner An-
gebeteten zu opfern.

Mariane.

(gefaßt) Meine Ahndung war nur allzuwahr.

Treureich.

Welch fürchterliche Entdeckung! -- Kaum halt
ich mich zurück -- um hinzueilen, und diesen Frevler
vor dieser Unschuld zu entlarven, die er auch zu
verführen sucht! --

Babet.

(tückisch) Sie sind vermuthlich dabey inter-
eßirt? --

Treureich.

So ein wenig Mamsell. O! dieser Schändliche flieht diesen Engel von Weibe, und kriecht vor
einer andern -- die Ihn mit mir verachten muß,
weil er nach der Unschuld meines Mädgens strebt.

Babet.

Gelassen, mein zärtlicher Liebhaber -- gelassen; -- hier muß man nicht stürmen, das würkt
nicht; aber Beschämung hilft hier, und das von

Caro-

Carolinen allein. Wir dürfen uns nichts merken lassen -- sonst wird er noch aufgebrachter gegen seine Gemahlin, weil er glauben könnte, durch sie in seinem Liebesplan gestört worden zu seyn.

Mariane.

Zu meinem Trost ist nichts zu thun. Ach ich unglükliches Weib! Er liebt mich nicht mehr — verläßt mich -- (Henrietten umarmend mit Thränen) Ohne Vater und Freund müssen wir in der Stille schmachten -- unsern Kummer verber- gen -- Ach! (wild ausbrechend) und uns der Schande und dem frechen Spott der Welt entziehen.

Babet.

Ich hab einen Plan -- Was denken Sie dazu, Herr Treureich? Meines Erachtens läßt sich viel vom Erfolg versprechen.

Treureich.

Und der wäre? —

Babet.

Sie schrieben an Ihre Caroline -- entlarvten darinnen den Herrn von Lindheim -- versteht sich so gelind als möglich -- aber doch ein wenig beissend zu seiner Beschämung.

Treureich.

Vortreflich -- das wird gehen; was sagen Sie dazu, gnädige Frau? --

Ma.

Mariane.

Was soll ich dazu sagen? ihr könnts versuchen; warum sollte ich ihn nicht wieder zu mir
wünschen -- ohne den mir das Leben nur Quaal
seyn würde?

Treureich.

Aber! wird er es nicht an mir rächen?
wenn er hören wird, daß ich es war, der Ihm
diesen Streich versezte? --

Babet.

Der Brief kann sehr wohl ohne Namens-
unterschrift die nämliche Würkung thun.

Treureich.

Und wenn auch nicht, -- er greift in mein
Heiligthum; wozu sollte ich also zaudern, durch
jedes Mittel mein Recht zu behaupten! -- Komm
Sie, Mamsell -- ich werde gleich schreiben. --
Trösten Sie sich indessen, meine gnädige Frau --
wenn's Glück gut will, so wird mir vielleicht mein
Vorhaben zu Ihrem Besten gelingen. Hoffen Sie --
(ab.)

Mariane.

(ihr Kind ansehend) Diese Thränen -- meine
und deine Unschuld sind unsre Waffen gegen Boß-
heit und Untreue, und vor Gott werden sie unsre
Rächer seyn, wenn unser geheimes Leiden -- mein
stiller Kummer Ihn werden zur Verantwortung
                                                 fodern

fodern -- den Ungetreuen. Diese Tage des Kum-
mers -- wie sind sie mir nicht eine Ewigkeit gegen
jene froh hingeschwundne Stunden von Jahren --
da ich an seiner Seite so glüklich lebte. -- Sollte
es Ihm nicht mehr genügen an meinen Reizen --
will er schwelgen -- wie ein Sybarite von einer
Sinneswonne zur andern schwärmen. Wie der
bunte Schmetterling der Lilie untreu wird, um sich
in dem Kelch der Tulpe zu baden -- War es das,
was mir Ihn entzog --? O! so habt Dank, ihr
meine Schutzengel -- daß ihr Ihn von mir risset --
den Abscheulichen, der bey einem Herzen voll Liebe
noch für fremde Lüste brennen kann. (sanft hin-
schmelzend) O! die sanften süssen Freuden häuslichen Glüks -- von wenigen gesucht -- von mir ge-
funden in all ihrem beseeligenden Zauber! -- (mit
Ernst) Warum flieht er sie -- warum schwärmt
er wie ein eiteler Halbmensch aus den Flitterwaa-
ren Pariser Modefabriquen geboren -- Warum ist
er nicht Mann? -- Mann -- o du großes erhabe-
nes süßes Wesen -- um den sich das Weib -- wie
das Geisblatt um den unerschütterlichen Eichstamm
windet -- sich fest anschließet!!! -- Deine meisten
Männer Geschöpfen -- Natur, die deine Kunst zum
Daseyn schuf -- passen sie zu diesem hohen Ideal?
Und was kann man vom schwachen Weib fodern? --

Denn

Denn Weiberthorheiten sind immer Kinder
männlicher Schwächen! —

— Was nun thun — anfangen — da seine Un=
treue so offenbar am Tage liezt? — Ich will es
dulden — will's verschweigen: betrauern die ver=
flossenen Wonnetage — die verscheuchten Träume
der ungewissen Zukunft. War er meiner Liebe
werth — hat er mich redlich geliebt — so kehrt er
wieder in meine Arme zurük. War er es nicht —
hat er mich nicht geliebt — so muß ich ihn bemit=
leiden (Henrietten mit sich abführend) mein und
dein Schiksal beweinen.

Dritter Auftritt.

Christoph.

(sich umsehend) Es wäre doch warlich ein=
mal Zeit daß ich meinen guten Morgen ausrichtete;
und bin doch wieder zu spät gekommen, — sie ist
schon wieder in Ihrem Jammerstübchen — und da
darf Sie kein Mensch stören.

Das kann ich meinem Herrn nun einmal nicht
gut heißen, daß er so überall herumschnurrt —
wie ein vazirender Musikant, und das arme liebe
gute Weib trauern und jammern läßt, indessen er
sich bey Mädgen und Wein wohlthut. — (lachend)
Dem lieben Grillenvertreiber, dem Herrn Cham=
pagner

pagner, könnt er immer einen Gang zu Gefallen
thun; aber in seinem eignen Hause, wie in einem
fremden zu seyn — sich um nichts zu bekümmern,
als um schöne Kleider — Frisur — und Wohlge-
ruch — das ist unverzeihlich.

Ich glaub daß ihn die Schuldner plagen!
und dann wird einem denn freilich das Bett zum
Dornenlager — das Haus zur Amtsstube und der
Kopf voller Sorgen, die wie Mucken stechen: —
das kann einen auf die Beine bringen, daß man
Zerstreuungen sucht. (geht auf und nieder) Sieh
da der kleinen Henriette ihr Buch! das wird ein
gelehrtes Mädgen! Hm! Wie die Mutter, so die
Tochter, sagte mein Schulmeister — und Herr
Kalbfuß hat recht. Laß sehen! (er ließt) „Ein
„Mann kann nach ihren Sitten so viel Weiber
„nehmen, als er will." Was die Blizkröte da für
Sachen ließt. (Er ließt wieder) Wo das aber seyn
mag — gewiß bey den spizbübischen Türken. Es
muß einmal ein lustiges Land seyn. Hier zu Lande
weiß man mit einer nicht zu recht zu kommen —
wie muß es den Männern dort mit mehrern gehen? — Das muß ein schnackisches Buch seyn!
Ha! ha! ha!! —

Babet.

Ah! Sieh da der Christoph — so lustig und
aufgeräumt? —

Chri-

Chriſtoph.

Warum nicht? -- mich brennen keine Sorgen -- Meinethalben geht die Sonne oder mag ſtille ſtehen! Luſtig ſeyn iſts beſte Leben!

Babet.

Mein! Chriſtoph -- will er mir nicht einen Gefallen thun? --

Chriſtoph.

Was ſie für einen will, Babetgen -- Sie aber ?nmal zu küſſen -- thät ich drum am liebſten.

Babet.

Nun Spaß bey Seite; will er mir wohl den Brief da wegtragen? --

Chriſtoph.

Herzlich gern, mein Engelchen. Aber hör ſie doch Jungfer Babet -- was da für artige Sachen in dem Buch ſtehen. (lieſt das Vorhergehende noch einmal.)

Babet.

(ungedulbig) Bleib er mir doch jezt mit den Männern und Weibern weg, der Brief hat Eile.

Chriſtoph.

Hernach. Aber hör ſie nur weiter! „Selten „nimmt aber einer mehr als fünf, (lacht) und die „meiſten haben nur zwey. Dieſe kauffen ſie den „Vätern für Rennthiere ab, und man verſichert, „daß

„daß eine einzige oft mit hundert und mehrern
„Rennthieren bezahlt werde.

Babet.

Um Gottes Willen! peinige er mich doch
nicht mit seinem Gelese — Der Brief hat wahrhaftig eile — thu er mir doch den Gefallen, Christoph!

Christoph.

Und thu sie mir nur den Gefallen, und hör
sie weiter. „Sie können sich nach Belieben wieder
„von ihnen scheiden lassen: aber das Kaufgeld er-
„halten sie in diesem Fall nicht wieder zurück.

Babet,

(will fort) Er ist ein unverschämter Mensch,
der einen durch seine unausstehliche Langweiligkeit
nur zu quälen sucht.

Christoph.

Nun nur gemach Jungfer Babet, (sie wieder
zurükführend) der Brief wird schon zeitig gnug an
seinen Ort kommen. Aber jetzt sag sie mir einmal
ihr Urtheil über das, was ich ihr da gelesen habe;
gefällt's ihr? —

Babet.

(verdrüßlich) Ja! — so geh er nur — und
wart er mit seinem Geschwäz bis hernach: —

Christoph.

Ihr seyd doch drum — wenn man's so be-
trachtet — verächtliche Geschöpfe ihr Weibsleute;

C 5   man

man handelt euch uns Geld — und schift euch
fort wie die alten Pferde — wenn sie nichts mehr
taugen.

Babet.

Er treibt meine Ungeduld aufs äusserste —
Trag er den Brief weg — oder ich sags der gnädigen Frau! —

Christoph.

(Nimmt ihn geschwind) Nur her — es ist
nichts gescheudes mit dem verfluchten Gesindel anzufangen. (will fort)

Babet.

So wart er doch Christoph; — wo will er
ihn denn hintragen? —

Christoph.

Den verfluchten Brief an Galgen nageln,
daß ihn jeder bußfertige Sünder zu seiner Erbauung
lesen kann.

Babet.

So sey er doch vernünftig: — Sieh' er Christoph, den Brief gibt er einem Bedienten vom
Herrn Rittmeister von Althauß — ohne weiter etwas
dabey zu melden.

Christoph

(bükt sich) Wofür ich mich gehorsamst be-
danke; daß mein gnädiger Herr sich hernach an
meinem Buckel delektiren könnte, und mich brav
durchwalkte! Nein! daraus wird nichts Mamsell!

Babet.

Babet.

Wenn es nun aber die gnädige Frau haben will? —

Chriſtoph.

Auch dann nicht; bis ich den Innhalt weiß: und darinnen werden denn vermuthlich die Schwä-zereien von ihr zu finden ſeyn. Nein! das geht nicht.

Babet.

(geht ab und kommt mit einer Bouteille Wein) Auch jezt nicht? — Koſte einmal Bruder Immer-durſtig.

Chriſtoph.

(trinkt) Beym Henker — der iſt gut; Ja ich will ihn hintragen, (trinkt) wo ſie ihn hin haben will; (trinkt) nicht wahr zu Herrn von (trinkt) Althauß —? ach! ach! das iſt vom ächten! (trinkt)

Babet.

(nimmt ihm die Bouteille) Erſt trag er den Brief hin — und hernach ſoll er das übrige in ſeiner Stube finden.

Chriſtoph.

Nicht einen Schritt geh ich von der Stelle; — die Bouteille her — ich will nicht trinken. Aber hier in meinem Schubſack ſoll ſie verwahrt bleiben.

Babet.

(gibt ſie ihm) Aber jezt geh er — den Au-genblick, wenn er nicht meinen Zorn reitzen will!

Chri-

Chriſtoph.

(ſtreichelt ihr den Backen und verwahrt die
Bouteille) Es wird ſchon gehen -- nur ruhig
mein Herzchen -- ich muß erſt recht für meine
liebe Bouteille ſorgen. So! --

Babet.

So geh er denn ins Teufels Namen unausſtehlicher Trändler.

Chriſtoph.

Ha! ha! ha! wart nur Babetgen. Euch ſchel-
miſches Weibsvolk will ich eine ſchöne Brühe an-
rühren und das Buch dort bekannt machen. Dann
wird man euch den Stolz und die Narrheiten alle
-- womit ihr uns arme Männer plagt -- vertreiben. Kuppelweiſe müßt ihr zu Markte trampeln --
und wir die Herren der Schöpfung werden eure
Herren ſeyn -- und euch nach Gefallen und Laune
behandeln. (ab.)

Babet.

Daß du den Teufel mit deiner Langeweile
plagen müßteſt -- er würde ſeine Hölle verlaſſen
und das Peinigerhandwerk aufgeben: verdammter
unausſtehlicher Schwätzer! -- der Kerl iſt dem
Wein und dem Plaudern ergeben -- daß man ihn
damit in die Hölle locken könnte. Ein wahres
Unglück für eine Herrſchaft, wenn der Bediente
von

von einer solchen Narrheit und einem guten Weiß-
appetit besessen ist -- Sie sind entweder betrogen,
oder müssen sich zu Tode ärgern. -- Begierig bin
ich auf den Ausgang; -- Hr. von Lindheim! wenn
Sie nur ein schönes Körbchen bekommen und um
Gnade betteln müßten, das wäre meine Lust.
Nein, mein guter Herr Baron -- heut zu Tage
darf der Herr Gemahl den Despoten nicht spielen --
die Zeiten sind zu Ende -- : Wir regieren -- den
Scepter habt ihr verloren -- ihr Herren Männer!
-- So sehr ihr mit Oberherrschaft trozet, so ge-
dulbig trollt ihr am Wiegenbändel und assistirt in
aller Demuth beym Toilette. -- Untreue -- wenn
wir sie begehen -- läßt sich leicht entschuldigen ;
aber wenn ihr unter einer sanften Herrschaft lebt
-- und eine gute Seele betrügen wollet -- So ge-
bühret euch Spott -- Schande -- Verachtung,
Fluch und alle Teufel. (ab.)

Vierter Auftritt.

Die Szene ist auf dem nahe an der Stadt
gelegnen Landhause des Rittmeisters von Althauß.
Das Theater stellt einen geschmakvoll angelegten
Garten vor -- worinnen man zuweilen Herrn von
Althauß beschäftigt sieht.

Herr

Herr von Lindheim, und Caroline von Althaus
mit ihrer Arbeit beschäftigt, sitzen in
einer Laube.

von Lindheim.

Und also bliebe es unveränderlich bey Ihrem
Entschluß, mein Fräulein? --

Caroline.

Unveränderlich! -- Sie kennen meine Pflichten als Kind -- und ich die Ihrige als Vater und
Gatte.

von Lindheim.

(verdrüßlich) Daß Sie mich an meine ver-
haßte Lage erinnern müssen! -- O! was bin ich
für ein unglüflicher Mann --

Caroline.

Unglüflich? daß ihr Männer euch gleich unglüflich nennt, wenn's nicht nach dem Köpfchen
geht, und euer Flattersinn Hindernisse findet. Sie
waren es doch ehemals nicht, warum sind Sie es
denn jezt? --

von Lindheim.

O! fragen Sie das mich nicht -- weiß ich
es -- Sind Sie es nicht selbst, die mir mein Herz
und meine Ruhe auf ewig raubten? --

Caroline.

(ihm den Mund zuhaltend) Sie loser Mann!
-- beynahe machten Sie mich aufmerksam auf
mein

mein Bißchen Reitzen -- und stolz auf meine
Schönheit; wenn ich es nicht wüßte -- daß dies
die beredte Gabe der Männer ist, uns Mädchen Ga-
lanterien und Schmeicheleien vorzusagen -- bis
wir besiegt sind: alsdann halten sie mit diesem
pretiösen Wortkram ein. -- Doch wozu der vielen
Worte! -- Mein Herr Baron, ich sehe noch Ihre
verbindliche Sprache für die Sprache des tändelnden Scherzes an, wovon Ihr Mund reichlich
überfließt.

von Lindheim.

Sie verkennen mich mein Fräulein! es ist
nicht Scherz, -- noch nie war ich so ernst wie heut.

Caroline.

(lachend) Es ist zum tödtlachen! -- Sie
werden doch, Herr Baron! wahrhaftig in diesen
lächerlichen Liebesroman keine ernsthafte Züge mischen wollen? Warlich Sie würden wenig Ehre
bey Ihrer liebenswürdigen Frau Gemahlin einle-
gen, wenn Sie so ein Traktätgen von den verlieb-
ten Operationen Ihres Herrn Gemahls erhielte. --
Das gäb ein scherzhaftes Divertissement für Sie
im Schlafkabinet.

von Lindheim.

Sie tödten mich, mein Fräulein, mit diesem
Spott; unbarmherziges Mädgen, können Sie grausam gnug seyn -- mich in meinen Leiden auch
noch

noch zu quälen -- bin ich so wenig Ihres Mitlei-
dens werth, daß Sie mich mit solchen empfindli-
chen Vorwürfen peinigen? --

Caroline.

Vorwürfen? -- Wenn Sie es Ihnen im
Ernst so scheinen, so wünsch ich mir Glück dazu --
dem Herzen Ihrer edeln Gemahlin das Wort gere-
det, und ein Anerbieten von mir zurükgewiesen zu
haben, das so lächerlich als unmöglich ist.

von Lindheim.

(blikt seufzend vor sich hin)

Caroline.

Besinnen Sie sich wohl, Herr von Lindheim,
und Sie müssen es selbst gestehen, daß ich recht
habe. Schon 14 Tage führen Sie eine Sprache
gegen mich -- die mir aus dem Munde eines Ehe-
manns -- der das beste Weib besizt, ganz verwegen gegen meine Ehre und ein Verbrechen gegen
Ihre Gemahlin zu seyn scheint.

von Lindheim.

Ich suchte Ihre Freundschaft, mein Fräulein! --

Caroline.

Habe ich Ihnen die noch je versagt? —

von Lindheim.

(aufspringend und Ihre Hand ergreifend)
Warme herzliche Freundschaft — treue Zusage ver-
schwi-

schwisterter Herzen -- verbunden und aneinander-
gekettet durch gegenseitige Pflichten! -- O! Nennen Sie's Liebe -- was mich zum Heiligen macht;
-- Liebe von einer Freundin, wie der Engel Caroline -- die mich mit dem Leben wieder aussöhnt --
die mich der Freude wieder schenkt.

> (Man bemerkt aus Carolinens schalkhaftem
> Blick, daß Sie seine Schwachheiten benuzt --
> um Ihn zum besten zu haben.)

Caroline.

Gemach! gemach! Herr Baron -- nur Geduld -- mein Freund sollen Sie seyn, ich will Sie
lieben -- Ihre Lehrerin seyn, Sie zum Heiligen
machen -- Sie wieder zum Leben und zur Freude
zurükrufen.

von Lindheim.

Ich muß diesen Rosenlippen danken für diese
theure Worte -- die mir alle meine Wünsche auf
einmal erfüllten. (will Sie umarmen)

Caroline.

(ihn zurükhaltend) Sachte! -- mein zärtlicher
Freund, nicht zu hitzig -- Erst fodert die Liebe
Probe -- ohne Aufopfrung -- wirft sie sich nicht
in die Arme der Treue.

von Lindheim.

Und welche Aufopfrung? -- Nennen Sie
mir eine -- Ach! und foderten Sie mein Leben --

D   willig

willig wollte ich es der Liebe zu Ihnen, beſtes
Fräulein, opfern.

Caroline.

Ey bewahre -- Was wäre mir mit Ihrem
Tode gedient -- Was der tolle Schwätzer da für
Lügen auskramt. -- (fühlt ihm den Puls) Sie
haben Hitze Herr Baron -- Kommen Sie -- laſſen
Sie uns am Leben bleiben; -- Erſt müſſen Sie
ihr Feuer abkühlen -- ehe ich Ihnen dieſes Kapitel
weiter erkläre. Kommen Sie ſpatziren -- und
ſuchen mir ein Sträuschen. (ſie führt ihn an der
Hand) Kommen Sie hier ans Blumenbeet! --

von Lindheim.

(ſieht Sie bedenklich an) Sie ſcherzen loſes
Mädgen? --

Caroline.

Nicht im geringſten. Kommen Sie -- hier
mein Herr Baron, dieſe prächtige Grasblume --
geben Sie her.

von Lindheim.

O! dürfte ich für Sie bitten -- ſie iſt des
Herrn Vaters größte Freude -- ſo ſchön ſah ich
lang keine -- laſſen Sie ſie! --

Caroline.

Nicht doch -- ich bin unbarmherzig -- ich
machs mit den Blumen -- wie Sie mit den Mädchen -- brechen Sie ab -- geſchwinde! --

von

von Lindheim.

(bricht ſie ab) Hier mein Fräulein! –

Caroline.

Fürwahr eine köſtliche Blume -- Kommen
Sie weiter -- hier dieſes Veilchen! –

von Lindheim.

(bricht ab) Sie ſpannen meine Erwartung
über dieſen ſeltſamen Auftritt. Hier mein Fräulein! --

Caroline.

So recht. Kommen Sie immer näher! –
Sehen Sie hier dieſe Roſe? --

von Lindheim.

Eine prächtige Roſe -- nur die Einzige am
Stock! --

Caroline.

Brechen Sie ſie ab --; Nun ſo geben Sie her! –

von Lindheim.

(bricht ab) Sie hätte am Stock noch lange
florirt, und manchem Blumiſten Vergnügen gemacht! --

Caroline.

Laſſen Sie das -- ich bin ein unbarmherziges Mädchen! -- läge Ihnen ja auch nichts dran
-- die Einzige Tochter eines alten Vaters zu verführen -- und die Freude eines braven Jünglings
morden -- Was liegt an einer Roſe, es iſt ja nur
eine Blume.

von

von Lindheim.

(Sieht Sie bedenklich und verwirrt an)

Caroline.

(führt ihn lächelnd weiter) Hier Herr von
Lindheim — diese Nessel da —

von Lindheim.

Loses Mädchen! Sie treiben nur Ihren
Scherz mit mir — ohnmöglich kann eine Nessel
Ihre Liebhaberei seyn? —

Caroline.

Nein, das ist sie auch wahrhaftig nicht, so
wenig wie Sie. Aber ich will sie haben. Abge-
brochen — die Nessel hergegeben! —

von Lindheim.

(bricht sie ab — sie entfällt ihm — weil er sich
verbrennt hat.)

Caroline.

(lachend) So recht — gebrannt — Sie wollen ja ein Heiliger werden, und wer das will, der
muß sich brennen — rösten und braten lassen.
Nehmen Sie dort diesen Graß- oder Strohhalm —
ich habe kein Garn bey mir. Binden Sie zusammen.

von Lindheim.

(beschäftigt sich lange damit) Kann ich doch
mit der vertrakten Nessel nicht zu Streich kommen.

Caro-

Caroline.

(vor sich) Der elende fade Geck. (laut) Nun wo fehlts? Werfen Sie Graßblume und Veilchen weg -- sie haben zu kurze Stiele -- vielleicht gehts besser.

von Lindheim.

Wahrhaftig, alle meine Geduld geht mir aus -- Die Prüfung ist für meinen Verstand zu grausam. Ist eine größere Peinigung für die Seele, als blinde Folgsamkeit? --

Caroline.

(lacht) Ihr Männer wollt's ja nicht anders haben -- ihr wollt Gecken seyn, warum soll man's euch nun nicht fühlen lassen -- daß ihr fade Menschengeschöpfe seyd.

von Lindheim.

Sagen Sie mir doch, mein Fräulein! was wollen Sie damit? -- Fodern Sie mehr -- alles -- mehr als diesen Blumentand -- ich will gehorsam seyn.

Caroline.

Diese beyde Blumen geben Sie her? --

von Lindheim (gibt sie ihr.)

Caroline.

(Die sie nach und nach in ihrer Hand zusammenknikt) Die prächtige Graßblume und das sanfte

D 3   liebe

liebe gute Veilchen zertretten, wie; -- jezt binden
Sie zusammen --!

von Lindheim.

(dem der Halm entzweygebrochen) Sehen
Sie, es ist unmöglich! --

Caroline.

Das weiß ich wohl; (reißt's ihm aus der
Hand) her, Ungeschikter; (wirft ihm die Blumen
und Nessel ins Gesicht) Lerne, elender Mensch!
denn besser ahnden, was dein verstokter Kopf nicht
begreiffen kann. Vermagst du aus diesem nicht
mehr als tändelnden Scherz zu merken? --

von Lindheim.

(reibt sein verbrenntes Gesicht) Das ist nicht
artig, mein Fräulein! womit habe ich diese Demüthigung verdient?

Caroline.

Damit, Elender! daß du dein treues Weib
und Kind mir -- und mich deinem Flattersinn
aufopfern willst. Zu Hause schmachten die armen
guten Geschöpfe, an die er durch das Band der
Natur und der Gesetze geknüpft ist; und draussen
lauft der Flattergeist herum, der schändlich genug
denkt, alles aufzubieten, die lautmahnende Stimme
der Natur und des Gewissens zu unterdrücken, um
ein unschuldiges Mädchen zu verführen.

von Lindheim.

(verlegen und verwirrt). Zu grausam ist diese Züchtigung; lohnen Sie so einem Mann, der Sie so unbegränzt liebte und verehrte?

Caroline.

Ja, wenn Ihre Zuneigung zu mir in den Grenzen der Achtung eingeschlossen bliebe — Warum sollte ich Sie nicht wieder achten? Bietet mir aber ein Ehegatte — ein Vater solche Anträge an, welche meine Tugend beleidigen müssen, so muß ich ihn verachten. — Ist das Band der Ehe ein Strohband, das man nach Willkür brechen kann? Würde ich nicht über kurz oder lang gleiches Schiksal mit Ihrer würdigen Gemahlin haben? — Könnt ich es anderst erwarten, als wie ich es in Ihrem beweinungswerthen Schiksal erfahre?

von Lindheim.

Niemals; nie werde ich aufhören, Sie zu lieben. Sind Ihnen aber vielleicht meine Anerbietungen noch zweydeutig — so wissen Sie, daß ich mich noch heute werde von ihr scheiden lassen — um Ihnen den vollkommnen ungetheilten Besitz meines Herzens zu sichern.

Caroline.

(sich verwundernd) Warlich sehr viel! Doch was läßt sich nicht von Ihnen erwarten! —

von

Alles! O! wozu vermöchte mich die Liebe
nicht -- Das einzige süsse Wort von Ihren holden
Lippen -- das mir den glüklichen Besitz Ihres schönen Herzen verkündete.

Caroline.

Genug davon! Sie beleidigen mich, Herr
von Lindheim -- Ihre Unverschämtheit kennt keine
Grenzen. Glauben Sie in mir eine Dirne zu fin-
den, die niederträchtig schlau ihre schlechte Kunst-
griffe umarmte, um ein Herz zu erobern, worauf
Gattin und Kind die geheiligste Ansprüche haben.
Nein! Sie irren sich, mein Herr! -- in mir finden
Sie ein Mädchen, das den Mann verachtet -- der
um jedes schöne Gesicht buhlt -- seiner Wollust
Geschöpfe aus kalter Treulosigkeit aufopfern kann
-- die seinem Herzen theuer und werth seyn sollen.
Ich bin ein Mädchen -- das die heiligen Rechte
der Ehe will geschützt haben -- weil mir die Lage
Ihrer tugendhaften Gemahlinn, jedes hintergange-
nen Weibes, und vielleicht meine eigene künftige
zu Herzen gehet. Pfui, schämen Sie sich, Herr
Baron -- verlassen Sie mich, und wagen es nie
mehr vor mich zu kommen -- wenn Sie nicht
edeler denken wollen.

von Lindheim.

So rauben Sie mir alle Hofnung, den einzigen Trost eines unglüklichen Mannes? --

Caroline.

Hofnung -- wozu Hofnung -- worauf? -- Auf etwas, das nicht ist, und nie werden kann, hoffen, ist Thorheit -- lächerlicher Blödsinn. Seyn Sie vernünftig, Herr von Lindheim! --

von Lindheim.

Nein -- es ist unmöglich! ich kann nicht von Ihnen gehen -- ohne wenigstens diesen Trost von Ihnen zu erflehen -- daß ich noch hoffen darf. O Caroline, meine Unvergeßliche! -- (er kniet vor ihr.)

Caroline.

Kehren Sie zurük zu Ihrer Gattin -- knien Sie da -- flehen Sie da um Verzeihung -- um Hofnung -- daß Sie Ihrer Verirrungen nicht gedenken, ja sie vergessen möge.

von Lindheim.

Ich kann nicht mehr zurük -- O Caroline! Mädgen mit dem edelsten Herzen, ich muß Sie lieben. Sie sind zu reizend! -- tödten Sie mich -- zerstoßen Sie mir das Herz, aber Sie können mir nicht meine Liebe zu Ihnen rauben. O! haben Sie Erbarmen mit einem unglüklichen Mann, der freudenloß wieder in sein ödes Haus gehen

D 5

muß,

muß, wo ihn die tödtende Kälte eines Alltagsge-
schöpfs von Weib verfolgt, -- freudenleer nach
Ruhe sich sehnt -- und sie nur an Ihrem Busen
finden kann. O! Meine theure Freundinn -- die
wollen Sie ja seyn -- hören Sie auf meine Bitte
-- Wenden Sie ab von mir diesen zürnenden
Blick -- haben Sie Mitleiden mit meiner traurigen
Lage. Ich lege alles zu Ihren Füssen -- in mir
ist kein Gedanke -- keine Empfindung, denn nur
Sie; -- mein Herz schlägt auf ewig für Sie --
O! haben Sie Erbarmen mit einem unglüklichen
Manne! --

Fünfter Auftritt.

Rittmeister von Althauß und die Vorigen.

der Rittmeister.

(bey seinem Eintritt eine starre Gruppe --
lange Pause) Ist's Spaß -- oder Ernst diese komi-
sche Situation? -- wozu Sie hier kniend Herr von
Lindheim -- bey meiner Tochter im Garten --
allein noch so frühe am Morgen? Wie reimt sich
diß? Sie zu den Füssen meiner Tochter blaß --
verstört, in der völligen Positur eines Liebhabers --
da Sie doch ein Ehemann sind! (Pause) Klärt mir
den Handel da auf -- oder bey allen Teufeln! --

Caro-

Caroline.

Ich bin unschuldig, mein Vater! an diesem ganzen Vorfall; — die Zudringlichkeit des Herrn von Lindheims kennt keine Grenzen! —

der Rittmeister.

Sie werden doch nicht — Herr von Lind-heim — reden Sie — wie kommen Sie nur beim Henker zum Knien — was verlangen Sie von meiner Tochter? —

von Lindheim.

Gegenliebe. Ja, ich wage es, Ihnen zu bekennen, daß ich nicht länger leben kann, ohne Ihren Besitz. Strafen Sie mich, wenn Lieben ein Verbrechen ist? —

der Rittmeister.

Das ist ja seltsam! Sie haben eine Frau, Herr Baron — Wollen Sie denn meine Tochter noch zu der Ihrigen nehmen?

von Lindheim.

O! nennen Sie mir diß kalte bürgerliche Geschöpf nicht; mein Blut wallt bey ihrem Namen, und ich möchte rasend werden, wenn ich daran gedenke; wie ich Thor genug seyn konnte — ihrem Alltagsgesichtgen und bißgen Tugend meinen alten Adel aufzuopfern.

Caroline.

Sie sind wahrlich verblendet, Herr Baron!

Vor-

Vorhin träumten Sie wie ein unbärtiger Jüng-
ling -- und jetzo pochen Sie wie ein alter Grobian
von Landjunker, deſſen einziges Ergötzen iſt, ſeine
Ahnen zu zählen, und an dem langen Stammbaum
ſeinen Blick zu weiden. O! wenn Ihr Herz wie
Ihre Zunge iſt -- ſo preiße ich das Loos Ihrer
Frau Gemahlin glücklich -- daß Sie eines böſen
Menſchen entäuſſert iſt.

der Rittmeiſter.

Da ſteh ich wie ein Narr -- und verſteh
von all eurem Geſchwätze nichts. Stille -- ant-
worten Sie mir, Herr von Lindheim: alſo iſt Ihre
Frau nicht von Adel?

von Lindheim.

Nein! Sie iſt nicht von Adel -- iſt mir un-
ausſtehlich, und wird mirs immer noch mehr!
Still und öde iſt mein ganzes Hauß -- und ſo
freudenleer, wie auf einem Gottesacker.

Der Rittmeiſter.

Aber, was Teufels gedenken Sie denn in
dieſer Lage zu thun? --

von Lindheim.

Mich noch heute von Ihr ſcheiden zu laſſen!
Ihr ein anſtändiges Gehalt zu beſtimmen --

der Rittmeiſter.

(Ihn ernſtlich anſehend) Ein anſtändiges Gehalt -- Nun und weiter?

von

von Lindheim.

Das Herz Ihrer Tochter zu erstehen, und von Ihnen, theurer Mann! Ihre Hand zu erbitten. Es ist die einzige Wohlthat, die ich von Ihnen verlange.

der Rittmeister.

Ist es denn Ihre Gemahlin zufrieden?

von Lindheim.

Sie muß es seyn. Meine Ehre und mein Stand würden ferner noch immer mehr drunter leiden -- Ich muß von Ihr!

der Rittmeister.

So! so! Es kann also nicht mehr beygelegt werden dieser Zwist? -- Sie sind ein gescheidter Mann, Herr von Lindheim -- ich darf doch Ihren Worten glauben, daß würklich die Schuld an Ihrer Frau liegt, daß Sie nicht glüklicher leben --

von Lindheim.

Vollkommen -- Selbst Ihre Treue hat ein Brandmal in meinen Augen -- Man spricht von heimlichen Liebeshändeln, die Sie hinter mir anspinnt.

der Rittmeister.

Ja! Dann ist es Ihnen nicht zu verdenken.

von Lindheim.

O eine Caroline! -- Wäre mir dis Glück gleich Anfangs beschieden gewesen? --

der

der Rittmeister.

Und was hältst du dann davon, Caroline? —

Caroline.

Daß ich den abscheulichen Plan des Herrn von Lindheims verfluche — und dem Herrn Baron mehr als zu viel zur Einsicht seiner Thorheiten Ihm vorgerükt — und Ihn in seiner schwarzen Schändlichkeit entblößt habe.

der Rittmeister.

Nun! Nun! Caroline! etwas behutsamer. (bey Seite) Es ist eine anständige Parthie. (laut) Du mußt das Ding näher überlegen.

Caroline.

Es bedarf keiner Ueberlegung mehr, mein Vater! mein Entschluß ist gefaßt — und der ist unveränderlich!

der Rittmeister.

Nun! nun! Mamsel Tochter — gelaßner — bey allen Teufeln; ich werde doch auch ein Wort hier mitzusprechen haben? —

von Lindheim.

Mein Unglück ist beschlossen. Sie hören es selbst, daß ich keine Hofnung mehr habe — daß Sie mir auch diesen lezten Trost des Leidenden entzieht.

der Rittmeister.

Nur Geduld — das Mädchen hat ein heftiges Tem-

Temperament -- Es wird sich schon geben. --
Sieh, Carolingen -- die Gemalin des Herrn von
Lindheim ist nicht von Adel; ungleiche Ehen dau-
ren in die Länge nicht, und Sie sind nun alle
beyde unglüklich. Am Besten ist es daher -- Sie
trennen sich bey Zeiten, als daß Sie länger einander das Leben verbittern; es ist ja wahre Wohlthat für seine Frau. Nur Geduld, meine Tochter
-- Laß mich gehen und folge nur mir -- und es
soll dir gewiß gut gehen. Herr von Lindheim ist
eine anständige Parthie für dich -- und das Ding
läßt sich noch überlegen und machen.

Caroline.

Sie scherzen, mein Vater! Sie könnten mir
noch zumuthen, dem Treulosen, den ich ewig ver-
abscheuen würde, länger Gehör zu geben? Unmöglich -- Sie sind zu edel -- und haben Mitleiden
mit dem traurigen Loos seiner liebenswürdigen
Gemahlinn, die er so niederträchtig zu hintergehen
sucht.

der Rittmeister.

(hitzig) Sie ist nicht von Adel! -- Kind, du
verstehst das Ding nicht. Der Adel ist kein Prärogativ der bessern Menschen; es ist nun aber einmal durch die Erfahrung bestättiget, daß ungleiche
Ehen nichts taugen, und deswegen befehle ich dir,
dem Herrn von Lindheim nicht alle Hofnung zu
be-

benehmen, und daß du dich noch darüber beden-
ken willst. (beyseite) Es ist villeicht eine anständige Parthie, Närrgen!

Caroline.

Wehe mir — wenn mein Vater würklich im
Ernste so denken sollte! —

der Rittmeister.

Es ist mein Ernst Lingen — (beyseite) es
ist ein recht saubrer Mann, er gefällt mir. (laut)
Kommt aber — es wird Essens Zeit seyn. Herr
von Lindheim Sie sind unser Gast; den Nachmittag gehen wir nach Ihrem Hause, und da wird
sich's aufklären, wie der Handel sich am besten
ausmachen läßt. — Halt — da vergaß ich ja bald
eine sehr dringende Bestellung an dich, Caroline!
Du korrespondirst, Mädgen! Nimm dich in Acht,
daß ich dir hinter dein Liebesarchiv komme; wir
möchten sonst nicht gute Freunde bleiben. Hier —
(Er giebt Ihr einen Brief.)

Caroline.

(vor sich) Das ist die Hand meines Treureichs.) (will ihn verbergen.)

der Rittmeister.

Ist's ein Geheimniß, das wir nicht wissen
dürfen? — Brich ihn auf, und laß sehen, was
Gutes drinnen steht.

Caro-

Caroline.

Hernach, lieber Vater -- hernach --

der Rittmeister.

Gieb her — gieb her -- es werden keine
Heimlichkeiten seyn. (Er entzieht Ihr ihn) Laß
sehen -- (liest) Was Teufels, Herr von Lindheim!
Sie sind's Thema, über Sie geht's los! —

von Lindheim.

Wie kann das seyn -- Wer erfrecht sich, mich
bey Fräulein Caroline in Mißkredit zu setzen? —

der Rittmeister.

Der Brief hat keinen Namen, hören Sie
nur — was für ein erbaulicher Innhalt! (liest)
„Verehrungswürdigstes Fräulein! -- Herr von
„Lindheim, welcher schon einige Zeit die Gnade
„hat, bey Ihnen aufzuwarten, ist der treulose Ehe-
„gatte des besten und vortreflichsten Weibs. Der
„Schändliche läßt's nicht bey dieser höllischen
„Schandthat, Mutter und Kind in dem schrek-
„lichsten Zustande einer demüthigenden Einsamkeit
„zu lassen, Sie dem Hohngelächter und Verach-
„tung der Welt Preiß zu geben; -- Er erfrecht sich
„auch noch, Ihnen Liebesanträge zu thun! und
„wie leicht könnte die schmeichlerische Sprache die-
„ses elenden Heuchlers das Mitleiden in Ihrem
„schönen Herzen rege machen? -- Ja! wovor jeder

E   Recht-

„Rechtschaffene zittern muß, daß es Ihm vielleicht
„gar gelänge, Ihr Herz zu gewinnen, und durch
„seine tägliche Besuche Ihnen einen nachtheiligen
„Ruf zuzuziehen! -- Deswegen wagt es ein Un-
„bekannter, diesen Schändlichen zu entlarven --
„und Ihrem edeln Herzen die Sache eines unglük-
„lichen Weibes und Kindes zu empfehlen -- die
„Ihres wärmsten Mitleids würdig sind. Gefähr-
„lich ist dieser herumschweiffende Flattergeist --
„Hüten Sie sich vor Ihm! --   (Pause.)

Caroline.

Nun, Herr von Lindheim -- was sagen Sie
dazu -- Kennen Sie sich in diesen so sprechend
entworfenen Zügen -- Ist das Gemälde getroffen? --

der Rittmeister.

Wenn das wahr wäre, Herr von Lindheim!
was in dem Briefe da steht -- bey meiner Ehre,
Sie sollten mir Ihre Verwegenheit büssen! --

von Lindheim.

Teuflische Verrätherey -- welche Schurken-
seele diese gegen mich angesponnen hat --! Es ist
ein Lügner -- ein infamer Schurk, der dieses schreibt;
-- wär er kein schändlicher Pasquillant -- er hätte
seinen Namen genannt! --

der Rittmeister.

Recht! -- Herr von Lindheim hat recht --
es ist ein Pasquill; der Kerl ist ein Schurke, der
                                                  dieses

dieſes ſchreibt; an den Galgen gehörte der freche
Bube -- der dieſe Unwahrheiten ſchreibt!

Caroline.

Wäre dieſer Schluß nicht ein wenig übereilt,
mein Vater? -- War es nicht vielleicht weiſe
Vorſicht von dem, der dieſen Brief ſchrieb -- ſich
nicht zu nennen? geſezt er hätte ſich genannt,
wozu wäre der ſtürmende Herr von Lindheim gegen ihn gebracht worden? -- Hätte ſich da der
edle Verfaſſer nicht noch allen möglichen Bösheiten
eines beleidigten Liebhabers ausgeſezt? --

der Rittmeiſter.

(hitzig) Und es iſt ein Pasquill -- dabey
bleib ich. (wirft es auf den Boden) Laßt den Bet-
tel liegen -- Kommt zu Tiſche.

von Lindheim.

(der lange Zeit tiefdenkend da ſtand, wacht
auf) Ja! ja! ſo iſt's, und anderſt nicht; das hat
meine ſchöne Gemahlin angerichtet -- es iſt nichts
anders, als die Rache eines beleidigten Weibs,
das fühl ich in jedem Ausdruke. (nimmt den Brief
und pakt ihn in der Wuth zuſammen) Du ſollſt
mir noch dazu dienen, mich in meinem Plan uner-
ſchütterlicher zu machen, und meine Rache ent-
flammen, daß ſie mir fürchterliche Genugthuung
verſchaffe. (lauft wild ab.)

E 2 der

der Rittmeister.

Herr von Lindheim — wo wollen Sie denn hin? — Bleiben Sie doch, bleiben Sie! —

Caroline.

Das wird ein zärtliches Tête a tête werden. Wie mich das arme Weib dauert, daß Sie den Bestürmungen und dem ungerechten Verdacht Ihres treulosen Mannes nicht ausweichen kann.

der Rittmeister.

(vor sich) Das begreif der Teufel; das Ding ist mir doch zu rund. (laut) Komm, Lingen — laß uns geschwinde was essen, und uns gleich nach seinem Hauß begeben. — Lustig! — lustig!

(Treureich, der hinter einer Ecke steht — zopft Carolinen.)

Caroline.

Gleich, lieber Papa — ich will nur noch meine Arbeit in der Laube holen, die ich während den sonderbaren Auftritten vergessen habe.

der Rittmeister.

Eile dich — komm bald nach. (ab)

Treureich.

(Carolinen umarmend) Theures bestes Mädgen! meine Unruhe über den heutigen Brief! —

Caroline.

Was führt Sie zu dieser ungewöhnlichen Stunde hieher? —

Treu,

Treureich.

Sie zu fragen, ob Sie ihn erhalten haben? —

Caroline.

Welchen Brief?

Treureich.

Wegen dem Herrn von Lindheim? —

Caroline.

Der ohne Ihren Namen? Richtig. Mein
Vater brachte ihn, befahl mir, ihn aufzubrechen.
Ich zitterte, wollte ihn verbergen; er entriß mir
ihn, erbrach ihn, und las dem Herrn von Lindheim
Ihre überschöne Panegyrik vor, der damit wie
ein Wüthender nach Hause rannte. Er hat seine
Frau im Verdacht.

Treureich.

Heiliger Gott -- was wird daraus werden?

Caroline.

Wozu aber auch der Brief? -- Konnten Sie
denn meiner Klugheit nicht mehr zutrauen, daß
ich auch ohne den Brief dem Elenden seinen ge-
bührenden Bescheid geben würde? --

Treureich.

Ach Gott! wozu bringt einen die Liebe nicht?
wie kann ich's gleichgültig ansehen -- daß er so
lange bey meiner Caroline geduldet wird -- und
durch sein einnehmendes Wesen mich vielleicht aus
Ihrem Herzen verdrängen könnte! --

E 3   Caro.

Caroline.

O! davor hat's keine Noth — das wird er in Ewigkeit nicht können! Wie aber — wenn er Sie doch von meiner Seite verdrängte? --

Treureich.

Was höre ich? Lindheim mich verdrängen -- und Sie könnten einwilligen?

Caroline.

Soll ich meinem Vater ungehorsam seyn?

Treureich.

Ja hierinn: wenn Ihr Herr Vater gegen Ihre Neigung einen so schreklichen Befehl thun kann, der drey Menschen und Sie dazu unglüklich machen wird -- so dürfen Sie es! —

Caroline.

Wenn nur auch ohne Lindheim eine Möglichkeit zu unserer Verbindung wäre! Kennen Sie die Grundsätze meines Vaters über den Adel?

Treureich.

Sie mögen vernunftwidrig genug seyn! —

Caroline.

Herr Treureich! Sie fanden meinen Vater noch immer edel -- und in diesem Punkt, deucht mich, denkt Er am hellsten für die Zukunft. Er fodert mehr zum ehelichen Glücke als ein Bißgen Sympathie; -- Conventionen -- Stand — Welt und dergleichen haben gar zu vielen Einfluß auf
das

das Menschenleben; -- das weiß mein Vater --
und darinn hat er, deucht mich, nicht so sehr unrecht? --

Treureich.

O! wenn Sie selbst so gleichgültig über den
Punkt unserer Verbindung sprechen -- was bleibt
mir da noch für Hofnung übrig?

Caroline.

Ich bin keineswegs gleichgültig, mein Bester! es schlägt meinem Herzen unheilbare Wun-
den, wenn ich an dis neidiiche Hindernis gedenke,
das im Grunde keines ist, aber nun einmal unserm
Glücke im Wege steht.

Treureich.

(sanft Sie anblickend) So lieben Sie mich
noch, meine Caroline?

Caroline.

(brünstig Ihn umarmend) Unwandelbar --
ewig! --

Treureich.

Trost genug für mich! O! wer mir auch
diesen gäbe -- daß Sie dereinst auf immer mein
würden! --

Caroline.

Wir müssen es abwarten. Mein Vater
stimmt freylich für Herrn von Lindheim, weil Er
von gutem Adel, und eine anständige Parthie sey! -

Treu.

Treureich.

Dieser adeliche Sanfaçon -- eine anständige
Parthie für Sie? -- Wie kann ein flüchtiger
Modegeck, der nichts wie dumme Streiche und
verliebte Thorheiten anfängt, um sich die Grillen
zu vertreiben, eine anständige Parthie für die edle
Caroline seyn? --

Caroline.

Nein, das wird sie gewiß nicht! -- Wenn
es mein Vater näher einsieht, dann wird hoffent-
lich aus allem nichts. Für diese edle Wärme
(küßt Ihn) einen herzlichen Kuß. -- Nun, mein
Lieber! muß ich Sie verlassen -- Sie haben es
selbst gehört -- mein Vater erwartet mich.

Treureich.

Ganz recht. -- Auf wiedersehen, bestes Mädgen -- (blickt Sie zärtlich an) Wann?

Caroline.

Den Nachmittag bey Herrn von Lindheim.
Seyn Sie behutsam, daß man Sie nicht erblickt.
-- Leben Sie ruhig.   (ab.)

Sechster Auftritt.

Zimmer im Hause des Herrn von Lindheims.

Marigne. Henriette. Hernach Herr von Lindheim und zulezt Herr Treureich.

Hen-

Henriette.

Kommen Sie, liebe Mama! — das Essen
wartet auf uns! —

Mariane.

(nachdenkend) Laß mich mein Kind — ich
kann nicht essen. Geh nur zu Mamsell Babet und
Herrn Treureich — und eßt zusammen.

Henriette.

Herr Treureich ist noch nicht da; — Papa
wird heute auch wieder nicht zu Tische kommen.
O! kommen Sie doch, liebe Mama. Weinen
Sie doch nicht immer! —

Mariane.

(troknet sich die Augen) Gutes Kind, du
weißt nicht, was mir fehlt. Glück für dich, daß
Deine Jahre dich noch nicht unser Unglück fühlen
lassen, worein wir von der Hand des Schiksals
gestoßen sind.

Henriette.

Ach! es thut mir so leid — ich möchte
immer weinen; Papa war sonst so freundlich,
wenn ich Ihm guten Morgen sagte; und jezt sieht
Er mich so mürrisch an, daß es mir oft bang
vor Ihm wird.

Mariane.

Das ist es, mein Kind! was mich so
schmerzlich betrübt. Geh und laß mich allein.
(küßt Sie) Sey ruhig, meine Henriette — Gott

wird

wird uns nicht verlaſſen! Laß dir nur zu eſſen
geben.

Henriette. (geht weinend ab)

Mariane.

(ſieht Ihr eine Zeitlang nach mit Thränen)
Ja du arme kleine Unglükliche biſt mein größter
Kummer; du liegſt mir ſchwer am Herzen, denn
durch dich werd ich am meiſten an Seinen Verluſt
erinnert, und fühl ihn doppelt den Schmerz ver-
kannter Liebe und Seines treuloſen Betragens.

Ich härme mich -- quäle mich umſonſt!
mein Verſtand durchirrt alle Möglichkeiten, wodurch ich ſein Herz wieder gewinnen könnte! --
Alles umſonſt -- alles vergebens. Er will mich
nicht mehr ſehen -- weicht meinen bangen Tritten
aus, wenn ich ihm begegne, wendet ſich weg von
meiner Kummermine -- Er, der nach dem geringſten Wunſch meines Herzens ehedem begierig lauſch-
te -- nicht ruhen konnte, wenn mein Auge ſich zu
trüben ſchien. Nein! -- (Pauſe) ich kann es faſt
nicht ausdulden; die Laſt meiner Leiden häuft ſich
zu ſehr, und mein ſchwaches Herz muß erliegen. --
Vergebens wafnen ſich Vernunftgründe gegen den
innerlich zehrenden Gram meines Gemüths -- umſonſt will meine Tugend, meine Unſchuld mich
beruhigen; -- Nichts vermag die Wunde zu heilen
-- die, o Gott! leider unheilbar ſeyn wird.

Ach

Ach die Freuden dieses Lebens -- wie rollen sie so schnell in das Meer der Zeit -- und wir werden vom Gefolge des Jammers begleitet, im Wirbel des Schikfals durch das folternde Anden-ken vorhergenoſſner Freuden herumgepeitſcht -- bis wir es fühlen, daß unſer armes Herz das Opfer ſeiner Zärtlichkeit geworden iſt, und unſre Thränen unſer lezter einziger Troſt ſind. -- O! arme betro-gene Mariane! verbirg deinen Kummer in dir ſelbſt: -- groß und ſtark wird ja das Herz des Leidenden, wenn es ſeiner Bürde gewohnt -- dem eiſernen Geſchick zu gehorſamen ſich bequemt! -- Horch -- wer kommt -- es iſt ſein Gang -- was hat dieſer ſchleunige Gang auf mein Zimmer zu bedeuten? --

von Lindheim.

(wild hereinſtürmend, von Ihrem Anblick plözlich ergriffen -- eine lange Pauſe)

Eben recht, Madame, daß ich Sie hier treffe! -- Sie haben ſich erfrecht, an Fräulein von Alt-hauß dieſen Brief zu ſchreiben, worinnen ich ſo ſchändlich mishandelt bin! -- Wer lehrt Sie dieſe Verwegenheit? -- — —

Mariane.

(betroffen) Ich verſtehe Sie nicht -- was wollen Sie mit einem Briefe? --

von

von Lindheim.

Reden Sie nur frey heraus — gestehen Sie
es — denn ihre Verwirrung bestärkt mich schon
mehr als zu viel in meiner Vermuthung.

Mariane.

Welche Vermuthung, mein Gemahl?

von Lindheim.

Nichts Gemahl! — mit diesem trauten Namen sollen Sie mich nicht mehr nennen — damit
ist's zu Ende.

Mariane.

O Carl! womit hab ich dies verdient —
hat mich Ihre Untreue nicht schon aufs Empfind-
lichste gekränkt — warum mich nun auch noch
durch einen unbilligen Verdacht so ungerecht beleidigen? —

von Lindheim.

(ohne auf Sie zu hören — in den Brief
sehend) Ja! es sind die Ausdrücke des ergrimmten
Weibes; — ich lese es in allen Zügen, woraus
Sie ihre Wuth gegen mich speit! — Verflucht,
Madame! so verwegen gegen meinen Stand und
meine Ehre sich aufzuführen; — das verdiente —

Mariane.

Doch nicht noch tiefere Kränkung, als Ihr
kaltes treuloses Betragen. — (zärtlich) Kommen
Sie zu sich selbst, mein Geliebter! Lassen Sie Ihre

Lei-

Leidenschaft etwas kälter werden, und überlegen Sie, wie ungerecht Sie gegen mich sind -- ganzer schreklichen vierzehn Tage ohne Ursache alles aufzusuchen, mich auf das härteste zu beleidigen.

von Lindheim.

Wer sagt Ihnen, daß ich keine Ursach dazu habe, Ihre öde Gesellschaft zu fliehen und mich nach Zerstreuung umzusehen?

Mariane.

Mein Herz sagt mir das -- welches jederzeit mit Liebe Ihren Kummer zerstreute -- und in dessen Gesellschaft Sie sich so oft glüklich fühlten -- bis zur Vollgenügsamkeit sich sättigten an der stillen Wonne unsres häuslichen Glüks.

von Lindheim.

Still davon; damit werden Sie meinen gerechten Zorn nicht kühlen; auf meine Frage geantwortet -- Haben Sie den Brief geschrieben?

Mariane.

Nein.

von Lindheim.

Tod und Teufel -- wollen Sie mich blind machen? Wer kann so von Untreue u. d. gl. sprechen -- als Sie selbst -- so ergrimmt meine Ehre antasten als Sie? -- Ich müßte die Sprache des Interesse nicht verstehen! --

Mariane.

Gekränkte Freundschaft hat mit der beleidigten

ten Liebe faſt einerley Intereſſe; — Was den Aus,
bruch dieſer beyden Leidenſchaften betrift — ſo
wird zärtliche Liebe öfters durch traurende Schwer.
muth gedämpft, als daß Großmuth zwiſchen dem
feurigen Enthuſiasmus der Freundſchaft und dem
beleidigten Gefühle derſelben in der Mannsſeele die
Allgewalt des wühlenden Zorns zu vermitteln ver,
mögte. Noch verſtehen Sie mich nicht! — Weil
Ihr Verdacht ſich nur auf mich einſchränkt —
und die beleidigte Freundſchaft überſieht; Noch —
Noch nicht?

von Lindheim.

Nein, bey Gott! dieſe dunkle grießgrame
Weiberphiloſophie ſchließt mir den Zauberriegel
dieſes Geheimniſſes nicht auf! aber was? Geheim,
niß? lächerlich, wie ich nur noch einen Augenblick
zweifeln kann — daß Sie es gethan haben —
Verwegne bürgerliche Dirne! meine Ehre ſo an
den Pranger zu ſtellen? —

Mariane.

(beleidigt) Wüßten Sie — was Sie ſprechen
— und zu wem Sie dieſes ſagten? — ſchaamroth
würden Sie vor meinen Augen daſtehen. Der
Zorn hat ſich aber Ihres Verſtandes bemächtigt,
und deswegen verzeih ich Ihnen. Laſſen Sie ſich
beſänftigen, mein Gemahl! — Sie halten ſich mehr
für beleidigt, als Sie es würklich ſind. — Geſezt,
ich

ich hätte es gethan -- wäre es was anders, als
Liebe zu Ihnen -- die mir diese Bitterkeiten in die
Feder gegeben hätte, um einer Nebenbuhlerin loß
zu werden?

von Lindheim.

Den Teufel -- über eine solche Liebe, die mir
alle Schritte mit Falkenaugen nachschleicht -- und
mein auswärtiges Thun behorcht. Genug, Ma-
dam! Sie haben den Brief geschrieben -- und zu
Ihrer Schande und meiner Genugthuung bleibt
er -- was er ist, ein schändliches Pasquill, das
mich berechtigt -- vor der Welt, öffentlich mit
Ihnen zu brechen, und alle Gemeinschaft mit Ihnen aufzuheben.

Mariane.

Nein, Carl! das werden Sie nicht thun;
sechs friedliche Jahre durchlebten wir, als wären
es Tage gewesen; diese üble Laune -- oder viel-
mehr diese Aufwiegelung Ihres Innern, die ver-
blendete Leidenschaft würkte, wird sich zerstreuen --
und Ihren Zorn stillen.

von Lindheim.

Nichts davon mehr -- Sie wissen meinen
Willen -- Sie versuchen umsonst, die Tage der
Freude in meine beleidigte Seele zurükzurufen; O!
der Fall ist gräßlich, vom Engel zum Teufel --!
Hassen muß ich Sie um destomehr -- wenn ich
zurükgedenke.   Ma-

Mariane.

(ſich mit aller weiblichen Anmuth an Ihn anſchmiegend -- im Ton der Zärtlichkeit) Lind, heim! mein Gemahl! -- Nein, nicht ſo! werden Sie wieder Mein; um unſrer Henriette willen; Fühlſt du das Gewicht dieſer Worte, lieber böſer Mann? Laſſen Sie dieſen Groll ſchwinden, der mich ſo tödtlich ſchmerzt -- und mich bis ins Grab verfolgen wird, wenn Sie noch länger mein armes unſchuldiges Herz damit quälen werden. Laſſen Sie ſich beſänftigen -- beruhigen Sie Ihr aufgebrachtes Gemüthe; es iſt ja nur blinde Muthmaſſung; leſen Sie den Brief noch einmal mit Bedacht -- ob es meine Hand iſt? --

von Lindheim.

Ihre Hand? wäre daran vielleicht noch zu zweifeln? (ließt -- betroffen) das iſt Treureichs Hand. (Pauſe) Aber die Gedanken ſind Ihnen. (ließt, Pauſe) Unerhört -- der Schändliche ſteht alſo mit Ihnen im Complott -- iſt Ihr Vertrauter -- Ihr -- Ha! dieſe Beſchönigung ſtößt Sie vor meinen Augen noch tiefer zur Verachtung hinab; büſſen ſoll es aber der Schändliche! ausgieſſen will ich auf ihn meinen kochenden Zorn -- den Betrüger.

Mariane.

Verzeihen Sie dem guten Manne -- wenn er aus

aus Liebe zu uns diesen nicht ganz zu billigenden
Schritt that. Vergessen Sie großmüthig diesen
kleinen Fehler der Freundschaft; — Schenken Sie
mir wieder Ihr Herz, — dem das Meinige voll
Liebe entgegenschlägt. (will ihn umarmen)

von Lindheim.

(stößt Sie zurück) Weg von mir, Dirne!
geh zu deinem Buhler.

Mariane.

Mir das? — das Mir — ? das geht zu weit,
— ich eine Dirne? Herr Baron! tasten Sie meine
Ehre nicht an — Ich bin ein Weib — aber bey
Gott! hier rühren Sie eine Seite in meinem Herzen, die Ihnen einen ganz ungewöhnlichen Miß-
klang entgegen tönen wird. So weit das duldende
Weib — weiter kann ich die Natur des Weibes
nicht verläugnen. Fürchterlich ist der Uebergang
von Liebe zum Verderben brütenden Haß. Zittre,
verwegner Ehrenräuber. (erschöpft — sucht Sie sich
zu sammlen — und heftet einen durchdringenden
Blick auf Lindheim — Pause) Ha! das hat meine
Galle in Gährung gebracht — Flattert ja die ver-
wundete Taube gegen ihren Mörder — und ent-
windet sich seinen Händen — und ich soll mich
empfindungsloß würgen lassen? — —

Doch (wehmüthig) noch verzeih ich's der
Sprache der Leidenschaft — so ausarten in einen

F   Tieger

Tieger kann das Herz meines Lindheims nicht.
O! was vermöchte ich nicht aus Liebe zu diesem
Manne! --

von Lindheim.

Vermehre nicht meinen Zorn -- häufe nicht
auch noch Lügen auf deiner Sünden Menge. Es
hat ein Ende. -- Noch heute laß ich mich von
Ihnen scheiden, auf ewig mich verbannen vor
Ihrem Anblick. Nie will und werde ich Sie wiedersehen; ich habe lang genug eine Schlange im
Busen genährt -- es ist endlich Zeit, sie heraus-
zureissen und zu zertretten.

Mariane.

(versteinert) Jetzt sprichst du Wahrheit, Un-
mensch -- so tief entschläft die Liebe nicht -- sie
ist in den ewigen Schlaf gesunken; Nun liegt das
Buch seiner Gedanken vor mir aufgeschlagen —
und ich lese seinen Abscheu. Niederträchtiger! so
kannst du mit Weiberseelen umgehen -- vergessen
deiner Pflicht, gegen die Geliebte deines Herzens.
(in Wuth ausbrechend) Ja! zertrette, Grausamer
— zertrette mich; diese Wohlthat gönne noch mir
und meinem Kinde -- durch den Tod von dir --
von Schande und Verachtung befreyt zu werden.
Kannst du Menschen unglüklich machen, Bösewicht
-- so kannst du sie auch tödten; sie sind nicht so
elend -- als lebendig und verachtet. Zerstosse dieses

ſes Herz -- Mörder meiner jungen Tage -- weide
dich, Teufel! an dem Jammer meines Kindes und
deines Weibes, das dich verfluchen muß; und dann
biſt du geſchieden -- dann biſt du frey -- Dann
wälze dich in den Wohllüſten, bis dich die Welt
haßt, dir Menſchen fluchen, und Teufel dich ver-
abſcheuen.   (ſinkt erſchöpft auf einen Sopha)

Treureich.

(tritt auf) Um Gottes Willen, welche Ver-
ſtörung! -- Gnädiger Herr, was haben Sie gethan -- können Sie ſo ohne Mitleiden Ihr gutes
armes Weib peinigen? --

von Lindheim.

(hämiſch) Ihr gutes Weib -- ohne Mitleiden? Ja! ich kann noch mehr -- auch Schurken
kann ich beſtrafen, wie ich deine Buhlerin beſtrafen will. Rede, Betrüger! wer lehrte dich dieſe
ſchändliche Epiſtel ſchreiben?

Treureich.

Gelaßner, Herr Baron! Sie können mich
fragen, ohne mit Schurken und Betrüger um ſich
zu werfen.

von Lindheim.

Gieb Antwort, ſchlechter Purſch -- Welcher
Teufel verführte dich dazu, durch dis verfluchte
Geſchmier meiner Ehre zu nahe zu tretten? --

Treureich.

Kein Teufel war es — Ihr guter Engel —
ber die Ehre hat, körperlich vor Ihnen zu stehen.
Ich bins, mein Herr! der die that — und wenn
Sie wollen, es öffentlich wiederholen will. Um
Ihres unglüklichen Weibs und Kindes willen that
ich es — und will jede Zeile darinn verantworten.

von Lindheim.

Und diese Frechheit begiengst du allein?

Treureich.

Ganz allein — ohne Zuthun — Ich that
auf Rechnung unsrer Freundschaft.

von Lindheim.

Ich würde dich durchbohren, Elender! wenn
ich dich, Bettler! meines Degens würdigte.

Treureich.

Bettler — (beißt sich auf die Lippen) Herr!
der größte Schurk ist der, der den Mann nach dem
Rocke und nach der Börse wägt — (groß auf ihn
herabsehend) Herr! ich kann auch den Degen führen.

von Lindheim.

(zieht den Degen) Hole deinen Degen —
Bube — so viel will ich dich noch würdigen! —
Das soll deine ganze Verantwortung seyn!

Treureich.

Die Lage, worinn Sie sich befinden, und
diese

diese ehrwürdige Person (auf Mariane hinweisend)
gebieten mir Mäßigung. Ich schlage mich nicht.

von Lindheim.

Deinen Degen Schurke -- oder ich durch-
bohre dich! --

Treureich.

(kalt -- aber nicht gleichgültig) Pfui, Herr
von Lindheim! Mäßigen Sie sich! Genugthuung
durch Zweykampf erfochten, ist die Chimäre eines
brausenden Studentenkopfs. Denken Sie männlicher; es ist des Trauerspiels genug -- wir brau-
chen keinen Mord dazu. -- Ich schlage mich nicht;
der Mann hat andre Waffen! Wenn Seelengröße
nichts gewinnt, so bleibt ihm noch die Obrigkeit
übrig.

von Lindheim.

(wütend auf Ihn zurennend) Morden will ich
dich -- wenn du deinen Degen nicht holst! --

Treureich.

(parirt mit dem Stocke seinen Stich aus und
entwafnet ihn) Halt, Verwegner! deine Raserei
will ich ohne Degen kühlen. (wirft ihm den Degen
vor die Füße) Lerne hieraus, Elender, daß die blinde
Wuth eines Wirbelkopfs über den rechtschafnen
Mann nichts vermag, wenn Gott und sein männlicher Muth ihn beschützen.

Mariane.

(die verwirrt im Zimmer umherrennt -- einige

E 3   Ver-

Versuche macht, Sie zu besänftigen) O Ihr Heiligen
des Himmels -- helft meiner sinkenden Kraft --
ich erliege.   (sinkt ohnmächtig danieder)

Siebenter Auftritt.

Die Vorigen, und der Rittmeister von Althauß --
Caroline seine Tochter -- hernach
Christoph -- und Babet.

von Althauß.

Was ist das -- ein Unglück? Hier Stock und
Degen -- und dort Ihre Gemahlinn, Herr von
Lindheim, und Sie, Treureich! O reden Sie --
helfen Sie mir aus der Unruhe!

Treureich.

Lesen Sie auf dem Gesichte dieses Bösewichts
und Sie werden den Namen Betrüger und Meu-
chelmörder in diesen gelbschwarzen Zügen geäzt
finden.

Caroline.

Entsetzen! Betrüger! Mörder! um Gottes
willen was ist das --? (zu Marianen) Frau von
Lindheim! Frau von Lindheim -- O Gott! Sie
kommt wieder zu sich -- Erholen Sie sich, meine
Beste!

Treureich.

Erst nagt diese Natter das Herz seines treuen
Weibes entzwey -- gießt alle seine Galle über diese
fromme

fromme Unſchuld aus, dann wagt es der Frevler, auf alle mögliche Weiſe durch Schimpfen meinen Zorn zu reitzen; und bey all meiner Güte und Nachgiebigkeit vergißt ſich der Teufel, und rennt mit dem Degen auf mich zu; hätte die Vorſehung nicht gewacht, er hätte mir den Abſchied gegeben.

Caroline.

Schröklich! Iſt das der ſüſſe Schmetterling — der nichts als Liebe ächzt — und wie eine empfind-ſame Turteltaube nichts als Zärtlichkeit trillert? O! des häßlichen Menſchen, der ſich zu ſolchem Frevel verirrt! Pfui Herr von Lindheim! auf die-ſem Wege werden Sie bey meinem Herzen wenig Glück machen. Ueber den gottloſen empfindſamen Modegeck!

Treureich.

Wohl wahr! verdammt ſey das Heer dieſer ſüſſen unmännlichen Schwächlinge, die bey einem Tröpfgen Blut, das an der Spitze einer Steknadel hängt, in Ohnmacht ſinken — und mit kaltem Blute und ſchwarzer Seele, die Unſchuld würgen — und das Opfer ihrer Wuth vor ſich rauchen ſehen können, ohne daß ihnen eine Empfindung im Buſen zukt. O Mannheit! du biſt zu den Weibern geflohen! — Verderben über dieſe Ba-ſtarte der menſchlichen Natur!

F 4   von

von Althauß.

(ber sich mit Marianen beschäftigte) Das arme Weib kommt wieder zu sich; (zu Treureich) Welch eine Schönheit — bey Gott — noch nie sah ich ein solches Weib. (entzükt) Noch Anmuth im verstörten Blicke — Grazie in dieser Wangenbleiche! Welch edler Anstand — welche feine erhabene Gesichtszüge, dis himmlische Lächeln, das dem Verbrecher Versöhnung verkündigt — (erholen Sie sich meine beste gnädige Frau) Stünde Sie auf einem Altar, die Göttliche — man würde Sie für die Gebenedeyte — das Urbild aller Schönheit halten.

Mariane.

(sich erholend) Da bin ich ja wieder im Lande der Lebendigen — der Schrecken hat mich überwältiget — ich glaubte, in die Ewigkeit zu wandeln. Unter Freunden bin ich ja, wie ich sehe — unter Freunden? —

von Althauß.

(küßt ihr feurig die Hand) Ja, edles Weib — unter denen sind Sie; wir bieten Ihnen unsern Trost und unsern Beystand an.

Mariane.

Meinen besten Dank für diese Güte, edler Menschenfreund; ich hoffe, alles, was Sie an mir thun, nicht unwürdig zu seyn. Ich bin ein unglük.

glüklich verlassenes Weib, und in einer solchen Lage
kommt einem der Trost edler Seelen sehr willkom-
men.

Caroline.

Beruhigen Sie sich, meine Beste! sehen Sie
in mir Ihre Freundin — nicht Ihre Nebenbuhlerin; nicht einmal war dis der entfernteste Gedanke
meiner Seele. Ja, und vermöchte ich es auch,
einen jungen Flüchtling zu fesseln, so würde es
meinem Herzen keineswegs schmeicheln, einen
Schmetterling gefangen zu haben. (bedeutend)
Wer Ihnen treulos werden kann, meine gnädige
Frau! dessen Geschmak und Herz muß abgeschliffen
oder tiefgesunken seyn. Ich gebe jede Eroberung
auf, wenn Sie mir zur Seite sind!

Mariane.

Sie beschämen mich, liebenswürdiges Fräulein! —

von Althauß.

Nun, Herr von Lindheim — so plözlich still?
— Hat sich Ihr Affekt so gänzlich abgestumpft,
daß Ihnen die Sprache versagt — oder haben Sie
Ihren Rausch ausgeschlaffen? — Sie reden nicht —

von Lindheim.

(beschämt) Was vermag der Wehrlose, wenn
ihn die Verachtung seiner Freunde umschanzt — und
er entwafnet nichts zu seiner Vertheidigung vermag?

F 5   Treu-

Treureid.

(lacht bitter) Gelüstets Ihnen vielleicht den
vorigen Auftritt zu wiederholen? O der schändlichen Verirrung eines Mannes wie Sie, die Rechte
der Freundschaft und des heiligen Bundes der Ehe
so mit Füssen zu tretten -- blind, wie ein Rasender,
mit dem Kopf gegen Berge anzurennen, und um
nichts und wieder nichts sich gebährden, als wollte
man die Welt umreissen. So gebährdet sich der
gepuzte Stutzer -- das ist sein Enthusiasmus --
sein Feuer — seine Begriffe von point d' honneur
— Aber nicht so der Mann des besten und edelsten
Weibs. Haben wir das an Ihnen verdient --
hab ich das? -- der sich's jederzeit zum Gesez
machte, die Freuden Ihres Lebens in Ihrer Henriette
zu erhöhen.

(von Althauß und Caroline reden heimlich
immer auf Treureich hinsehend)
von Lindheim.

(vom Schauer ergriffen) Henriette! o Gott!
-- sind Sie zu meinem Unglücke geschaffen? Ent-
fernen Sie sich von mir; ich will nichts mehr
wissen und hören, denn ich weiß nur zu viel, um
immer unglüklich zu seyn.

Treureich.

Nein, Sie wissen noch nicht alles; Sie
müssen noch mehr hören. Es wäre vielleicht möglich

lich, Herr Baron! daß Sie einen falschen Verdacht
auf mich hätten, um Ihr gutes Weib zu kränken.
So thöricht dieser Verdacht -- so möglich ist er
doch. Lassen Sie sich auch darüber belehren, und
fühlen's denn ganz, wie fälschlich Ihr Zorn an
mir und den Ihrigen wütete. Fräulein Caroline
ist der Gegenstand meiner Liebe; Sie ist es, die
ich schätze und verehre. Diese Liebe hält meine
Vernunft so nüchtern, daß ich nie überspannt
werde -- ein Tändler -- oder Schwärmer zu werden -- und mich in das Heiligthum eines andern
zu wagen. Sie buhlten um Ihre Unschuld -- ich
war der beleidigte Theil, was ich that -- gab
mir theils eignes Interesse -- theils der Jammer
Ihres edeln Weibes ein. Verstehen Sie mich,
schwacher Mann -- Schämen Sie sich vor der
Seelengröße Ihrer Gemahlin -- eines Weibes --
und erröthen über Ihre Schwäche.

(Eine starke Pause -- worinn man sichtbar
die Spuren der Reue und Schaam auf
des Barons Gesicht bemerkt.)

von Althauß.

Was spricht der da von dir? -- Caroline!
Von Liebe? Mädgen, du hast einen heimlichen
Liebeshandel; beym Henker! wenn ich hinter euer
geheimes Verständniß komme -- dann --

Ohne

Ohne mich sollst du diesen wichtigen Schritt nicht thun. --

Laßt uns aber dem Handel ein Ende machen. Eins steht da im Ecke -- das andre dort; das muß anders werden. Gebt also acht -- ich will das Kommando übernehmen. Hm! Frau von Lindheim! Ihnen wird vermuthlich schon das Urtheil gesprochen seyn? --

Mariane.

Ja! Er will sich noch heute von mir scheiden lassen! --

von Althauß.

Und ich lasse mich dann noch heute mit Ihnen trauen. Bey meinem ersten Eintritt fand ich Sie so, daß ich selbst den Adel in Ihnen vermißte; Zeugniß muß ich Ihnen hier öffentlich geben, daß ich Ihres gleichen noch nie fand; oder liegt es in der Natur des Officiers, daß er das sanfte stille Wesen mehr liebt, als das rasche wilde. Wie gesagt -- es bleibt dabey. (lachend) Nichts einzuwenden, Herr von Lindheim? -- Wie Sie mit meiner Tochter fertig werden, da mögen Sie zusehen!

Caroline.

Ha! ha! ha! da mögen Sie wohl vielleicht was zu sehen haben!

von

von Lindheim.

Sie scherzen; Herr Rittmeister! oder wollen mich noch mehr demüthigen!

von Althauß.

Ich scherze, hol mich der Teufel, nicht! es ist mein Ernst. Wiederrufen Sie nicht feyerlich auf der Stelle Ihr Wort — und bitten Ihre Gemahlin um Verzeihung, so laß ich's auf meine Ehre nicht dabey. Getrennt müßt Ihr mir werden, und dafür ist mir Ihr heutiges Betragen Bürge — daß Sie verlieren müssen — und ich nehme dann diese edle Seele zum Weibe.

Treureich.

Brav, Herr Rittmeister! — das wird seine Würkung thun!

von Althauß.

Meint denn Herr Baron, solche Weiber wachsen wie's Unkraut, daß man nur um sich greiffen dürfe, um Eine zu haben? Diese Pflanzen wachsen nicht unter jedem Himmelsstrich. Sie gleichen jenen zarten Gewächsen des Orients, wo unter tausend kaum eins sich der Witterung zum Troz erhält. Es müßte mit dem Teufel zugehen, wenn man so was kaltblütig ansehen sollte, daß ein solcher Engel vom Weib sich vertraure, und vor Jammer vergehe, weil Sie einen Mann liebt, der Ihrer Liebe nicht werth ist. Nun — geschwinde —

von

von Lindheim.

Ersparen Sie mir eine Demüthigung, die ich nur allzusehr verdiene, die aber --

von Althauß.

A Ha! Er spannt schon andere Saiten auf -- Hören Sie's -- gnädige Frau? -- Lindheim, bey Gott -- es ist noch Zeit -- Wenn Sie nicht bald --

von Lindheim.

(tritt beschämt herzu und kniet vor Marianen) Ihrer Liebe habe ich mich unwerth gemacht -- Ihre Verzeihung verdiene ich nicht; aber wenn Reue über Irrthümer und Schwachheiten den verworfensten Sünder minder strafbar machen, so verdiene ich sie ganz Ihre Verzeihung. Denn größer noch -- weit größer, als die Schreklichste meiner Verirrungen, ist meine Reue -- Jene peinigende Empfindung, die mir wenig ruhige Stunden vergönnen -- bey Ihrem Anblick aber stets mit tiefer Beschämung erröthend ins Angesicht tretten, und mich für mein Vergehen züchtigen wird.

von Althauß.

Das war Ihnen gerathen, Herr von Lindheim! wie auswendig gelernt, hat Er sein Bußsprüchelgen abgebetet. Den Triumph verdienten Sie auch -- und nun bitte ich selbst für Ihn? --

von Lindheim.

Mariane, meine Gemahlin! könnten Sie das Un-

Unrecht vergessen, womit ich Ihr edles Herz so tief beleidigte -- verzeihen meiner Verirrungen! O! ich war auf dem schreklichen Pfad, das größte Kleinod mit Füßen zu tretten; wie stark empfinde ich es jezt, was Sie mir waren: -- Geliebte Mariane! ich beschwöre Sie, bey dem versöhnten Allgütigen im Himmel; nicht diesen traurenden wehmuthsvollen Blick -- er fährt wie ein Blizstrahl in des Verbrechers Herz und troknet aus der Hofnungsquelle. (feurig) Diesen Blick voll Liebe -- O! so blikt ein Gott auf den Gefallnen; dieser Blick strahlt Versöhnung -- gibt mir wieder Leben!

Mariane.

(mit dem vollen Ausdruck der Liebe) Dem Vater meiner Henrietten -- meinem wiederkehrenden Gemahl -- wie könnte ich dem zürnen? -- O Männer -- wer sagt's euch -- wer lehrt euch so unser Herz kennen, daß es euren Wünschen so gern auf dem halben Wege schon entgegeneilet, und unsere Freudenthränen sich so gerne in euren Mißmuth mischen -- willig auslöschen die Glut des Zorns! (reicht Ihm Ihre Hand) Noch nie hab ich aufgehört Sie zu lieben, selbst bey Ihren gröbsten Ausfällen auf mich gedachte ich Ihrer mit Liebe. Was kann ich um den hohen Preiß Ihres mich wieder liebenden Herzens geringer opfern, als das, was ohnehin schon vorher Ihnen gehörte, wo-

womit ich ins Grab übergeschlummert wäre, —
mein Herz, das Ihnen verzeiht — und Sie wieder
liebt.

von Althauß.

– So denken nur edle Seelen! —

von Lindheim.

Nur meine Gemahlin, deren Liebe ich nicht
mehr verdiene! (Sie mit Innbrunst umarmend.)

Caroline.

Ja wohl! Nur eine Mariane, die meine
reinste Ehrfurcht und Bewunderung rege macht.
So viel weise Mäsigung bey einem großen Herzen
eingeschlossen, in dem größten Reiz weiblicher
Schönheit! Diese Züge schmelzen alle Vorurtheile
des geerbten Adels hinweg. Sie, edles Weib!
sollen mein Ideal weiblicher Vollkommenheit seyn.
(Ihre Hand küssend.)

von Althauß.

Recht, meine Tochter! — vollkommen wahr
ist alles, was du da gesagt hast. O! des köstlichen
Augenblits!

Mariane.

Wenn ich mich nur Ihrer Freundschaft würdig machte, so ist's reichlicher Ersatz für mein lan-
ges Leiden. (Sie umarmt Karolinen) Sie, liebe
Schöne, weiblicher Unschuld — möchten Sie doch
ganz nach Ihrem Herzen glüklich werden, und nie

das

das Unangenehme erfahren, was ich mit so man-
cher bittern Thräne erfahren mußte; (zärtlich)
welches mich aber jetzt nicht reuet — da es mir
das Glück Ihrer beneidenswürdigen Freundschaft
geschenkt hat.

von, Althauß.

(nimmt Lindheims Hand und legt sie in Marianens Rechte) Laßt mich Vaterstelle bey Euch
vertretten — und zum zweytenmale, aber auf ewig,
Eure Hände und Herzen zu dem heiligsten Bunde
vereinigen. Vergeßt alles Geschehene — und lebt
so glüklich wie vorher. — Aber stille einen Augenblick — Noch stehen wir da, wie auf einem neblich-
ten Berge, wo man keine zehn Schritte weit sehen
kann. Lindheim — Ihr Unwillen gegen Ihre Frau
Gemahlin — sich scheiden zu lassen u. d. gl. muß
doch beym Teufel einen andern Grund gehabt haben, als diesen verteufelten Brief. Begreiffen kann
ich's nun einmal nicht, wie ein so gescheuter Mann
so tief sinken kann, um dem guten Menschenver-
stande so gräßliche Sottisen zu machen. Klären
Sie auf, was uns noch dunkel ist!

Caroline.

Wir bitten Sie alle darum.

Mariane.

Du darfst ohne Erröthen — der Triumph
über sich selbst ist ja der größte und der erhabenste!

G   Treu-

Treureich.

So denk ich auch.

(Eine Pause — in welcher alle auf
den Herrn von Lindheim sehen.)

von Lindheim.

Ich will es lösen, dieses Räthsel; offenherzig
und freymüthig will ich seyn, denn ich stehe ja
unter Freunden und Wohlthätern (den Rittmeister
ansehend)

von Althauß.

Nun! und weiter? —

von Lindheim.

Meine Mariane ist, wie bekannt, nicht von
Adel. Indessen ich vermißte nie bey ihr diesen
eitlen Tand, der nur dummen eingebildeten Menschen ein Vorzug scheinet. Sie war mir alles —
in jeder Lage meines Lebens. Es sind sechs Jahre
seit unsrer Vermählung — und kein Tag dieser
glüklichen Tage fand unser Auge trüb — unsre
Stirn bewölkt. Vor ohngefehr drey Wochen ge-
rieth ich in die verfluchte Gesellschaft der Bernis
— Rosentretter — und Staiger, Leute, die mich
durch ihre öftere Besuche viel kosteten, und die ich
in Ansehung ihrer Protektion und Ansehens bey
Hofe nicht vor den Kopf stossen wollte. Ich war
schwach genug, mich nach diesen Puppen umzumo-
deln — nach ihren Begriffen zu tragen und zu
han-

handeln, weil sie es so haben wollten. Noch nicht
genug! sie giengen mich mit spöttischen Redens-
arten wegen der Geburt meiner Frau an; — ihr
stachlichter Wiz machte mich erbittert. Bald war
es ruchtbar in der ganzen Stadt und am Hofe,
was vor diesem geheim war, daß Sie nemlich
eine Unadeliche sey. Ich widerstand — unterdrükte
meinen Unmuth; ihr Spott ward unverschämter —
verwegner ihre Behauptungen; daß sie es laut
beschwuren, Treureich lebe im geheimen Verständniß mit Ihr. So ward ich zum Stadtgelächter —
das Gespräch jeder Punsch - und Kaffeegesellschaft —
man wieß mit Fingern auf den adelichen Hahnrey
— wie man mich nannte. Mein Grimm wuchs
täglich; denn wozu bringt Spott und Verachtung
den Ehrgeitzigen nicht? Ich ward aufmerksam
gegen meine Frau, begegnete Ihr kalt — mißtrau-
isch schöpfte ich aus den kleinsten Vorfällen Verdacht, und selbst Marianens unschuldiges gefälliges
natürliches Betragen gegen Treureich, gab mir
Verblendeten schon hinlänglichen Beweiß Ihrer
Vertraulichkeit. — Jezt lernte ich Caroline kennen,
fand ein sanftes liebes Mädgen — Natürlich
suchte ich mich wieder an ein Herz anzuschliessen,
weil ich ein einförmig leeres Leben hasse. Nun
stieg der Gedanke in mir auf, mich meines Weibes
zu entäussern, wozu mich die Bösewichter, meine

Freunde

Freunde ermunterten, und mich meine Erbittrung
gegen Sie entflammte. Da ich noch einige Schulden habe -- dachte ich mich durch Carolinen zu
retten -- Vollends der Brief heute bestärkte mich
in meinem Verdachte -- und so entstanden dann
die Geburten einer verfolgten, aber schwachen
Mannsseele, die sich bey solchen Umständen gar
leicht durch Phantasterei hinreissen ließ; -- So
schwellte sich mein Zorn -- bis er an dem großen
ehernen Mann, meinem theuren Treureich, brach,
und zurükpreßte. Mit diesem Augenblicke überfiel
mich Reue -- mein Auge schloß sich vor Schaam --

von Althauß

Bedaurenswürdiger Mann — was hast du
gekämpft und ausgestanden!

von Lindheim.

Ich verwünschte mein Daseyn. Gedankt sey
es Dir, Retter meiner Ehre, edler bester Mann!
daß Du so nachsichtsvoll meiner blinden unbändi-
gen Wuth begegnetest; und Ihnen, mein theurer
Rittmeister! daß ich durch Sie von meinen Verirrungen wieder bin zurükgeführt worden. Verzeiht
mir, theure Anwesende! ich war von Zorn und
Eifersucht berauscht, sie sind also zu entschuldigen
meine Fehler?

Treureich.

Sie waren es schon längst; — Aus Liebe
zu

zu Ihnen und Ihrem Familienglücke that ich alles,
und werde noch alles thun, was Ihnen Freude
macht, und mir Ihrer Freundschaft unschäzbares
Gut erhält.

von Althauß.

Brav, Herr von Lindheim! — edel, Herr
von Treureich! — Rechnen Sie auf meine unbe-
gränzte Hochachtung. Daraus könnt Ihr aber
sehen, Kinder! — wie selten ungleiche Ehen glüklich, dauerhaft glüklich sind. Schwäzt mir immer
von Liebe, vom Verliebnehmen in der Strohhütte
bey Brod und Wasser, von Vorurtheilen und See-
lenadel. Ihr werdet nun einmal die Vorurtheile
und den Aberglauben nicht aus der Welt treiben.
So lange diese Welt und diese Menschen die nemlichen seyn werden, wird Wahrheit mit Irrthümer
— Vernunft mit Vorurtheilen und Aberglauben
gemischt bleiben. Die Sonne leuchtet oft aus
dunkler Ferne, und ihre ersten Strahlen brechen
sich durch die graue Mitternacht hindurch; — oft
wird sie auch von dunkeln Wolken bedeckt, und
bleibt lange unsern Augen verborgen — dann tritt
sie auch wieder groß und majestätisch hervor, und
leuchtet hell und rein dem Erdensohn; — So ist
es mit Wahrheit — Vernunft und den Vorurtheilen. Die Welt hat ihre Conventionen, ihre noth-
wendigen Einrichtungen, und diese ihre gute und

böse

böſe Eigenheiten, und im Geſchäftsleben trift man
zu mannigfaltige Umſtände an -- ſtößt an zu ver-
ſchiedne Menſchen, daß einem die Ideenwelt bald
vor den Augen verſchwindet.

Mariane.

Sie entzücken mich durch Ihre Weisheit;
vollkommen recht haben Sie, Herr Rittmeiſter!
Wer alſo dieſes Opfer ſich ſelbſt bringen will --
der muß groß denken, und auſſer den Convention-
nen der Welt in ſeinem Familienglücke ſich an den
ſtillen Freuden ſättigen können. Genügſamkeit,
weiſer Genuß des Lebens entſchädigen immer für
die Wonne des Thoren.

von Lindheim.

(Sie umarmend) Dich konnte ich vergeſſen,
liebes theures Weib -- aus Deinen Armen mich
in die gefahrvolle Schlinge der großen Welt werfen -- O! jemehr ich daran denke, je ſtrafbarer
bin ich mir.

Mariane.

Laß das, Beſter! die Zeit und unſere Liebe
wird alles wieder austilgen.

von Altbauß.

Recht ſo -- Das thut und dabey bleibt.
Drücken Sie Schulden, Herr von Lindheim! mein
Weniges ſteht einem braven Manne zu Dienſten,
kommen Sie ohngeſcheut. Jezt, Kinder! laßt uns --

(er-

(erblikt Treureich, der Caroline umarmt) Nun!
nun! was habt dann Ihr dort geheimes zusammen? Caroline! Caroline!

Treureich.

Werden Sie zürnen, verehrungswürdiger
Mann — wenn ich im Vertrauen auf Ihr edles
Herz eine Bitte wage, welche die Glükseligkeit
Ihrer Tochter und eines Mannes, den Sie so eben
Ihrer Achtung versicherten, betrift.

von Althauß.

Ich merke schon — wo es hinaus will; ihr
Herren Liebhaber habt so eure besondere Art, eine
Sache gefällig einzukleiden. Das klingt so süß,
und wenn sie vollends von Glükseligkeit sprechen,
so lassen sie sich nicht davon abbringen, daß ihre
Begriffe davon überspannt wären. Nun — so laßt
einmal hören, — kann mir's zwar schon einbilden,
was kommen wird! —

Treureich.

Ich habe das Glück, das Herz Ihrer vor-
treflichen Tochter zu besitzen — Ich bete Sie an —
Sie liebt mich!

von Althauß.

Nun das ist doch so ziemlich alles, was man
von einem Mädgen verlangen kann. Und davon
weiß der Vater noch keine Silbe, und die Mamsell

dispo-

disponirt mit ihrem Herzgen, ohne einen Laut davon zu muksen.

Treureich.

Nur Ihre Einwilligung zu einer nähern Verbindung fehlt noch, um zwey glükliche Menschen mehr zu machen, wovon Sie schon so viel Verdienst zum voraus haben.

von Althauß.

Ja! ja! das dacht ich! darauf wird's hinauskommen — die Heurath muß ja das Punctum finale jeder Komödie seyn. Müßt Ihr mir denn so grad alleweil die Queer kommen, in einer Sache, die ich nie zugeben kann noch darf. Möchte gerne heute ruhig schlafen gehen — und nun kommt mir da Dein sauberer Handel zum Vorschein; Lingen! das war nicht brav von Dir.

Caroline.

Bester theuerster Vater! sagten Sie mir nicht jederzeit, daß der Mann, den ich dereinst zum Freunde meines Lebens haben sollte, ein Mann nach meinem Herzen seyn müsse? — groß und edeldenkend, männlichsanft, gefällig und treu?

von Althauß.

Ganz recht —. Ich verehre Herrn Treureich, schätze sein Herz, und bewundere seine Tugenden. Deswegen thut's mir leid!

Caro-

Caroline.

Weil Er nicht von Adel ist?

von Althauß.

Ja, das ist's -- daran hängt's. Nehmt mir's daher nicht übel, Kinder! daß ich zu Eurem Vorhaben meine Einwilligung nicht geben kann. Ihr seht's täglich, wie in der heutigen Welt der unglüklichen Ehen immer mehrere werden; und daß die Vögelchen, die Anfangs so süß und traulich zusammenpfeiffen, am Ende einander sich beissen und zerfleischen. Verlangt von mir, was Ihr wollt — Es thut mir leid; hierinn habe ich aber meine Grundsätze.

von Lindheim.

Dürfte ich nicht für meinen Freund ein Wort sprechen -- und seine Kenntnisse, in Absicht auf öffentliche Ehrenämter, in Erwägung bringen?

Mariane.

(zärtlich zu Herrn von Althauß) Ein Mann, wie Treureich -- verdiente der nicht hier eine Ausnahme? Sie gestanden mir vorher so gütig diesen Vorzug zu. Wenn ich Wahrheit sprechen sollte, so wüßte ich nicht, ob jemand diese Ausnahme mehr verdiente, als Treureich?

Caroline.

Lieber Papa -- und ich darf doch auch ein

Wört-

Wörtgen für Ihn mitsprechen? (schmeichelnd) Sie sind ja sonst so ein gütiger Vater gewesen?

Treureich.

Sind es noch (seine Hand ergreifend) werden es auch für unser Glück seyn -- auch mein Vater werden?

von Althauß.

Kinder! überrumpelt mich nicht. Wenn Ihr mich überrascht, so könnt Ihr Euch hernach des Brummens nicht erwehren; Wehe jedem von Euch, wenn es sich Vorwürfe von mir zuzieht -- und mich zu einem dummen Streich verleitet! --

Treureich.

(mit Größe) Nein, das soll nicht geschehen -- dafür ehre ich Sie zu viel, und liebe meine Caroline zu sehr! Ich habe auch meine Begriffe vom Adel! leid ist es mir, daß ich Carolinens Hand nicht auf diesem Wege erhalten kann; Ich hätte gerne von Seiten des Kopfs und des Herzens Ihrer werth seyn mögen. Nun sehe ich aber, daß doch der Adel ein wesentliches Prärogativ seyn muß, weil ein Mann, wie Althauß, den Preiß des herrlichsten und vortreflichsten Mädchens darauf setzen kann. Um deswillen thue ich also ein Bekenntniß, das ich gerne nach meinen Grundsätzen mit in's Grab genommen hätte -- daß ich auch von gutem altdeutschen Adel bin.

Alle

Alle.

Von Abel?

von Althauß.

Rede deutlicher -- hurtig! ich kann's kaum
erwarten! --

Treureich.

Treureich ist ein angenommener Name; als
Freyherr konnte ich nicht leben, und ich dachte --
es wäre besser ein armer gemeiner Mann, als ein
armer Baron; von Dornberg ist mein Stamm-
name.

von Althauß.

(hastig einfallend) Von Dornberg? Des
Obristen von Dornberg, der vor Kunersdorf den
Tod der Helden starb?

Treureich.

Des nemlichen Sohn bin ich.

von Althauß.

(ihn wild umarmend) So bist Du ja meiner
Schwester Sohn -- ihr Karl -- Bist Du der?

Treureich.

Der bin ich. Früh kam ich in frembes Land;
meine Mutter, eine arme Offiziers Wittwe, konnte
mir wenig Unterstützung geben, und da ich auch
eine Abneigung gegen das Militair hatte — so
überließ ich mich dem Schiksal; studierte die
Rechte zu Helmstädt — half mir durch Informi-
ren immer weiter, bis ich endlich das Glück hatte,
hieher

hieher zu kommen; Sie, meine Freunde und Caroline kennen zu lernen. (zieht einen Ring vom Finger) Kennen Sie dieses Wappen und diesen Namenzug?

von Althauß.

(freudig) Unser Familienwappen, meines Vaters, Ruprechts von Althauß, sein Name; Ja Du bist meiner Schwester Sohn, laß Dich herzen, lieber Junge! Was soll ich Dir nur geschwinde für eine Freude machen?

Treureich.

Diejenige, daß Sie mir erlauben, meiner Caroline diesen Ring zum Zeichen unsers ehelichen Bundes zu geben?

von Althauß.

(führt Carolinen zu ihm) O! zehnmal für einmal. Nimm Sie hin, mein Sohn — und lebe glüklich mit dem braven Mädchen. — Hat es mir doch ordentlich geahndet! Ihr hättet mich lange noch gewonnen, denn ich war zu gut für Dich gestimmt. Nun ist es mir aber doppelt lieb, daß es so gegangen ist. — Deine Mutter — lebt Sie noch?

Treureich.

Zu Halberstadt? —

von Althauß.

Muß morgendes Tags beschrieben werden; Sie soll mir unter Euch leben und sterben. O! Gott!

Gott! was mich der Junge freut (umarmt Sie wechselsweise). Muß nun meine Caroline den glücklichen Einfall haben -- sich in Ihren Verwandten zu verlieben! sicherlich hätte es jedem andern weniger geglükt -- aber die Regungen des Bluts --! Mädchen! Du freuest mich heute mehr als jemals. Kinder! ich bin so fröhlich -- Ihr seyd es auch; wie wär's, wenn wir heute Abend in meinem Gartenhause bey einem Schunken und einem guten Glaß Rheinwein recht lustig wären?

Alle.

Vortreflich! vortreflich!

Christoph.

Ach! da hüpft mir das Herz im Leibe -- ich darf mich doch auch einfinden, gnädiger Herr? bin gar ein großer Liebhaber von einem guten Glaß Wein!

von Althauß.

Das sollst Du, mein Freund -- sollst haben so viel Du willst!

Babet.

(tritt mit Henrietten herein) Und wir dürfen doch auch kommen!

Mariane.

(umarmt voll Junbrunst Henriette) Meine Tochter -- meine Henriette!

Henriette.

Sie sind doch nicht mehr so traurig, liebe Mama?

Mama? das freut mich sehr; Papa ist auch
freundlich gegen mich!

von Lindheim.

Ja, du liebe kleine Seele! (drükt Sie an's
Herz) wer sollte dich auch nicht lieben, meine Henriette, mein Kind?

von Althauß.

Entzükender Anblick! O! wer Gefühl für
solche Freuden hat, der darf sein Loos nicht beweinen! -- (Pause) Die wahre Copie ihrer edeln
Mutter -- Ihre Züge -- Ihr liebevolles Auge!
Ein herrliches Kind! --

Caroline.

(küßt Henriette) Willst Du mit mir und Herrn
Treureich gehen, und uns recht oft besuchen, meine Liebe? --

Henriette.

Recht gerne -- wenn Sie's erlauben!

Caroline.

Herr Treureich geht auch mit mir, dann wollen wir Dich gemeinschaftlich unterrichten?

Henriette.

(aufhüpfend) Ja! ja! ich lerne gar zu gern!
O, wie mich das freut!

von Althauß.

Nun! brecht ab, Kinder -- den Tag wollen
wir noch recht fröhlich begehen, und alle Jahre,
wenn

wenn wir noch leben und gesund sind, hieher kommen, uns erinnern der heutigen Auftritte, und uns freuen, daß an diesem Tage Tugend und Seelengröße einen so köstlichen Sieg über Flattersinn und Vorurtheil erhielten.

(Hält ein wenig inne -- gerührt)

O meine Kinder! (nimmt Caroline an der einen, und Treureich an der andern Hand) vergeßt nie diesen Tag, und was Euch die Vorsehung an demselben that; heilig sey er Eurem Andenken immer. -- Wenn auch schon lange meine Gebeine unter einem stillen Grabhügel ruhen, und Ihr Euren Kindern von Eurem Vater, der es so gut mit Euch meynte, erzählet. O meine Caroline! Tochter, die mein ganzes Herz besizt -- bilde Dich nach diesem Muster weiblicher Größe, nach Marianen. Wisse, daß das Weib uns Männern die reinsten Freuden im höchsten Grade geben könne; wenn die holden Grazien der Sanftmuth -- Nachgiebigkeit -- herzlichen Liebe -- und scherzhaften Munterkeit Sie schmücket, und Sie so zum Engel Ihres Mannes -- zur Sonne Ihrer häußlichen Spähre schaft. -- Mache Deinen Carl so glüklich, als Er es verdient.

Und Du, mein Sohn -- in meiner Caroline gebe ich Dir alles, was ich habe -- das größte theurste kostbarste, meine einzige Tochter! jede Freude, die Du ihr machst, wird Dir der Himmel loh.

lohnen, — und jeden Kummer, den Du ihr tragen
und mildern hilfst, wird Dir mein feurigstes Ge-
bet zu Gott danken. Laß Dich nie vom Tone der
großen Welt hinreiſſen — der Mann muß unab-
hängig — frey und nie ſchwach ſeyn. Jede
Schwäche erniedrigt ihn unter ſeine Würde. Leb
glüklich mit dem Mädchen! — dann will ich ver-
gnügt in Euren Armen ſterben — und mein Segen
wird Euch in dem lezten hinſterbenden Seufzer
noch eben ſo herzlich und väterlich für alles lohnen; als es mein gegenwärtiger, der Euch (knien
vor Ihm — Er legt die Hände auf Ihr Haupt)
zu dem heiligen Bunde der Ehe und eines glüklichen Erdenlebens eingeweihet.

Alle.

Gottes ſchönſter Vaterſeegen ruhe auf
Ihnen!

Der Vorhang fällt.